明心

智慧 人生

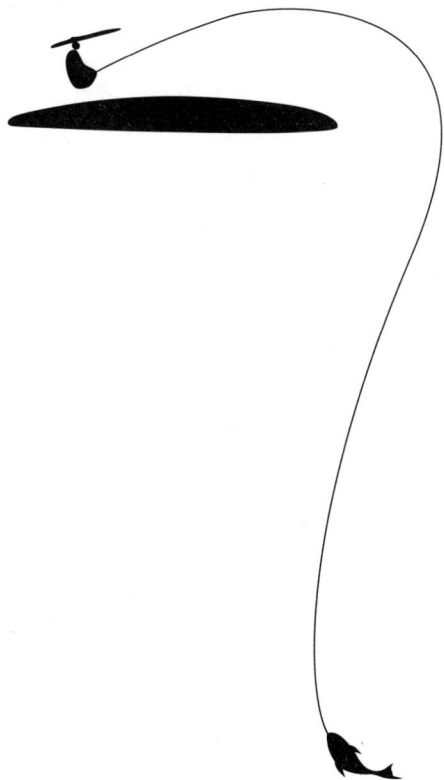

李明明 ◎ 著

九州出版社
JIUZHOUPRESS

图书在版编目（CIP）数据

明心：人生智慧 / 李明明著 . -- 北京：九州出版社，2024.9. -- ISBN 978-7-5225-3375-9

Ⅰ . I267

中国国家版本馆 CIP 数据核字第 2024HM2816 号

明心：人生智慧

作　　者　李明明　著

责任编辑　郑闿琦

出版发行　九州出版社

地　　址　北京市西城区阜外大街甲 35 号（100037）

发行电话　（010）68992190/3/5/6

网　　址　www.jiuzhoupress.com

印　　刷　唐山才智印刷有限公司

开　　本　710 毫米×1000 毫米　16 开

印　　张　14

字　　数　133 千字

版　　次　2025 年 1 月第 1 版

印　　次　2025 年 1 月第 1 次印刷

书　　号　ISBN 978-7-5225-3375-9

定　　价　89.00 元

前　言

　　如今的我们走到了 21 世纪，科技的发达带来了巨大的进步，但是也遭遇了瓶颈。人们似乎更加困惑：物质文明到底是否能够带给我们真正的快乐幸福？人们需要思想的光芒来指引道路，在混乱的世界中找到安宁和抚慰。

　　21 世纪的当代，合作是主流，全球化成为共识，地球村是潮流趋势。中国古代文化中的和谐思想与当代潮流趋势更加合拍。人类文明不断发展，最终就能够到达美好的世界。

　　本书汲取东西方哲学的营养，构建了一个思想体系，期望能够带给人类帮助。本书的写作时间从 2009 至 2024 年，历时 15 年的时间。这是一条艰苦的道路，支撑自己走下来的是对梦想的坚持。

　　文字可以让人永存，它承载着人的思想在历史的长河中随时间流动，永远不会沉淀下去。我不善言语，文字自然而然成为我表达思想的工具。对于这本书，本质目的是思想，不管语言是否华丽，不管语言是否优美，最重要的是文字中散发着的真诚气息。同时，书不可能做到尽善尽美，对于书中存在的问题，欢迎读者提出相应的意见，共同来完善思想。

目 录
CONTENTS

第二篇 践行篇

第一篇　思想篇

第一章

无与有

到底是庄周梦蝶，还是蝶梦庄周呢？其实两者都说得通，这可以类比于无与有的关系。对于无与有，我们既可以说是虚空与实有，也可以说是存在与虚无。

第一节　虚空与实有

虚空就像是天空，不论云彩如何飘过，天空始终是不变的。虚空就像是无色的空间，看不见摸不着，却可以容纳所有，不论电梯里装着什么样的人，电梯没变过。虚空就像是电视屏幕，不论电视里有什么样的画面出现，屏幕没变过。虚空就像是空荡的房间，不论什么旅客住进来，虚空的房间没变过。虚空就像是白开水，虽然无色无味，但是却可以搭配成为各种饮料。虚空就像是幻灯片的背景图案，无论幻灯片上的内容有多大不同，背景始终保持不变。所有的文字均需要在它身上演绎，所有的舞蹈都要在它上面跳动。

虚空就像是无色的画布，画布包含所有色彩。它完美无缺，所有色彩完美地融合在一起，但是却可以出现各种不同的图像。虚空具有包容的特性，承认一切存在的合理性。虚空是浓缩的，是圆满的，是神秘的，世界是它的演绎。它就像是一个抽象真理，需要世界具体的画面来解释清楚。它是浓缩的智慧，需要世界的多样性演绎出来。

虚空无处不在，无所不包，如幕景般不动。天地有大美而不言，虽然具备一切可能性，却从未张扬过。它因为圆满而无须任何证明，它无须自夸，只是沉默着。它是绝对自在，它是名词，它是所有运动的停止。虚空就像是家的存在，是万物存在的基础。虚空如同最纯净的水，没有一丝杂质，最清澈的水只能够孤独，不能和其他的水混合在一起，一旦与它们混合在一起，原有的清澈就会消失。

无即是有，有即是无。"有"是彩虹桥，红橙黄绿蓝靛紫的简单加和，"无"是白色，是红橙黄绿蓝靛紫的融合。无中生有，静中生动，进而生万物。虚空是静默无言，而实有源于运动。① 正如我们去观察地球的自转，就会发现它永不停息地转着，正因为这种自转形成了时间和空间。我从 A 点回到 A

---

① 弦理论是理论物理学的一种学说。具体参阅布莱恩·格林. 宇宙的琴弦 [M]. 李泳，译. 长沙：湖南科学技术出版社，2018：14.

点，既是静止，也是在运动，既是静止在 A 点，也是在无尽循环着。

第二节 存在与虚无

存在与虚无相互需要，存在需要经由虚无来认识自己，用具体演绎自己，虚无需要存在作为背景，作为坚实的后盾，从而可以自由起舞。[①] 嘈杂与寂静无分别，放弃一棵树得到整个森林与放弃整个森林得到一棵树没有区别。画画者和欣赏者、写书者和看书者、做饭者与吃饭者是相互需要的。

如同设计者和体验者共存，我是完全自由的设计者，但是却无法体验，我是可以体验所有的体验者，但是无法做到自由。如同建房子的人和住房子的人共存，建房子的人懂得房子的一切，却无法住进房子享受，住房子的人享受房子带来的舒适，但纵使怎样探索，也无法完全掌握房子的设计。

我们是家里的孩子，可是我们不懂得珍惜，不安心于家的稳定，心里总是向往外界。因此，年轻时我们离开了家，选择漂泊。但是等到见识了外面的风雨，体验了人间的种种，玩遍了游乐场，对外界的好奇已消失。此时厌倦了居无定所的漂泊

---

① 存在与虚无的关系，可以参阅萨特．存在与虚无［M］.陈宣良等，译．北京：生活·读书·新知三联书店，2007：44.

感，想起了家中温暖的灯光，玩累的孩子总会走出游乐场回家。于是，家必需，漂泊必需。若无漂泊，我们虽然始终待在家里，心却会一直向往外界，看不到家的好处。只有经过漂泊的对比，我们才会真正珍惜家的美好。

一、旁观者与当局者

旁观者与当局者各有优缺，关键是作为旁观者时公正客观，作为当局者时尽情地投入其中。清醒与梦境各有优缺，关键是在梦境中尽情享受梦境的悲欢，在清醒时尽情享受清醒的自在。一个人在做梦，他在梦中把周围破旧的房屋想象成了华丽的宫殿，感到很快乐。实际上，房屋是破烂的，但是他却由于自我的虚假理论将它美化，将它想象成美好的。此时如果把他拉回到现实中去，把破旧的房屋展现在他眼前，他反而因为无法承受这个残酷的真相而无比痛苦。因此，做梦的人有属于自己的快乐。相反，清醒的旁观者知晓真相，寻找到世间的真理，也找到了属于自己的快乐。因为都是极大的快乐，故活在梦中和活在醒中没有区别。

对于不知道真相或是不愿意知道真相的人来说，他确实因为给生命找到了目标而使得生活有了意义，因为自欺欺人而把自己变得很开心。因此，旁观者的清和当局者的迷是无分别的，得知真相和不明真相无任何偏好，各有各的好处，彼此都是活在快乐中，旁观者活在真正的快乐中，当局者活在自己营造的快乐中。

二、虚无怪圈

存在与虚无的关系可以比喻为点与圈的关系。有两种可能，第一种可能是，一直静止在 A 点，第二种可能是，从 A 点转虚线圈回到 A 点。如图 1 所示，真相是，我静止在 A，从未离开 A。但是，我觉得自己在运动，虽然我一直在 A 点，却以为自己在 B 点。即使我处于虚线圆圈上的任何一点时，A 点始终存在着，我依旧端坐在 A 处。

图 1　点与圈

虚无与存在的真实相对，它具有羽毛般轻盈的性质。真相是沉重的，散发着金属的光泽。例如，两个人生意失败。A 选择直面这种痛苦，B 不愿意面对真相。虽然有了虚假的轻松，但是问题始终存在，从未解决过。对比两者可以看出，A 很辛苦，B 很轻松，A 收获了沉甸甸的快乐，B 虽然有了轻松，但是依旧无比空虚。存在是点，虚无是虚线圈，虚无意味着可以将背了很久的真相的壳放下。但是，壳永远不可能拿掉，真相始终存在。于是转了无数圈，人们还是要回到起点，去接受真相，才是真正解决问题。

第二章

开始发生了什么

整体是一种全智全爱的境界。就像是人类分为男性和女性，具有理性和感性两个方面，整体也包括智慧和爱两个部分。

第一节　智　慧

智慧是世界的运行规律，分为三种：模型、分形和循环。智慧是一种无比抽象的浓缩，世间万象都是它的多样化表现形式。

一、模　型

世界运行有一个基础模型，万事万物都是这个模型的复杂化，都是这个模型的变体。[①] 就像是拳法需要基本动作，才能组合成复杂的拳法。就像是积木需要基础积木，才能够组合成复杂的建筑物。就像是几何需要基本图形才能够组合成复杂的几何图形。存在一个完美的简单定律，可以解释万物。就像是物理学定律可以应用于物理世界复杂的现象，就像是哲学可以解释各种具体学科。万事万物都是基础模型的变幻，均是基础模型的复杂组合。当基础形态相互作用，就形成了人类千奇百怪的人间万象，组成了缤纷繁杂的人类历史。

现实事物的发展过程遵循一定的自然规律。一个人的事业经历默默无闻、隐藏自我、非常努力、事业成功、达到巅峰、走下坡路这一过程，这种发展可以引申到人生的走势、公司的发展、股市的变动、朝代的兴衰。我此时处在人生的低谷，满眼都是黑暗，看不到曙光。但是，这只是暂时的，一段时间后我可能绝处逢生，否极泰来。

世界的本质是变化，人不能两次踏进同一条河流。例如，物极必反，盛极而衰，好的事情到了极致就会向坏的方向转化。人站在高峰的时候，做事情需要给自己留有余地，降落时才能够稳稳着地。例如，福祸相依，富裕和穷苦相互转化，享受福气的时候蕴含着灾祸，遭遇祸患时蕴含着未来的福气。没有永久的事物，只有变化。

---

① 陈鼓应. 老子今注今译 [M]. 北京：商务印书馆，2009：74.

二、分　形

分形理论中，使用简单的图形就可以绘出最复杂的山脉。基础模型要想延伸出复杂的宇宙现象，需要的是分形规则。[①]

分形的基本思想是局部与整体相似。[②] 宇宙遵循规律，宇宙规律下有银河系的规律，银行系的规律下有太阳系的规律，太阳系的规律下有地球的规律，地球的规律下有人体的规律。宇宙、银河系、太阳系、地球、人遵循的规律都是相似的。宇宙有周期，银河系有周期，太阳系有周期，地球有周期，人体有周期。人是小宇宙，是大宇宙的缩小版。人如果能够彻底了解自己的小宇宙，从自我的微观角度觉醒，就可以清楚地懂得大宇宙的运行机理。

分形规则就如同俄罗斯套娃。例如，有一个点，我们把它扩张成一个圆，圆上的点再扩张成无数个圆，圆上的点继续扩张成无数个圆。例如，我睡觉做梦，做梦的内容为：我睡觉做

---

① 分形理论首先由美籍数学家本华·曼德博（Benoit Mandelbrot）提出，他在1967年发表于《科学》杂志上的论文指出，英国的海岸线在空中拍摄的100公里长的海岸线与10公里长海岸线是十分相似的，详细内容参阅 Benoit Mandelbrot. How Long Is the Coast of Britain? Statistical Self-Similarity and Fractional Dimension [J]. Science, 1967, 156 (3775)：636-638.

② 瑞典数学家海里格·冯·科赫（Helge von Koch）所构造的"Koch 曲线"几何图形，从整体到局部是自相似的，这种思想可以在大自然中随处发现，如树冠、山川、云朵、雪花、大脑皮层，详细内容参阅 KOCH V. SUR UNE COURBE CONTINUE SANS TANGENT OBTENUE PAR ONE CONSTRUCTION GéOMéTRIQUE éLéMENTAIRE [J]. ARKIV FöR MATEMATIK, 1904, 1 (35)：681-704.

梦。例如，现实世界中出现了电脑，电脑世界的人们发明了电脑。

分形原则使得最初的简单模型得以复杂化，能够无限地扩展下去。就如同树叶，从开始的基础图形递归多次，就可以用计算机绘制出纷繁复杂的树叶脉络。

三、循　环

智慧遵循另外一个循环规则，开头与结尾结合在一起，如同蛇头咬住蛇尾，形成一个圆环。所有几何图形中，圆形具有一个特殊的特点，就是只要在圆上行走，就永无尽头，没有终结点。万物周而复始，我们从圆上的一点出发，最后回到这一点，圆环产生了时间和空间。月球围绕着地球旋转，地球围绕着太阳旋转，太阳系围绕着银河中心旋转，银河系围绕宇宙中心旋转。

我们呼气、吸气，再呼气、吸气，宇宙膨胀、收缩，再膨胀、收缩，都是一种循环。人生同样是走一个圆环，从孩子出发，经历童年、少年、青年、中年，最后变成类似于孩子的老人。我最大同时最小，我是宏观同时是微观。我是一个人体，身体内有无数个小细胞，同时我是一个小细胞，是宏大宇宙的组成者。最高就是最低，虽然最高与最低是相互连接的两点，但是却有所不同。始终待在象牙塔里保持的纯真与经历人性挑战后保持的纯真存在区别。① 前者是欲望尚未开发的纯真，后者是经历欲望后的看透。

我是个演员，饰演导演拍摄电影中的角色，经由角色体验人生，在体验到多彩人生后，我根据自己的经历导演一部电影，成为电影导演。因此，我是演员也是导演。我是个小学生，从小学一直读到博士，学习的课本是一位大学教授书写的。博士毕业后我成为教授编写了课本。因此，我是小学生也是教授。

第二节　爱

智慧和爱是整体的两个部分，只有两者均达到，才是到达了圆满。而爱是最基本的准则，爱是出发点。例如，有一个瓷盘，不小心被打碎，这种打碎是完全随机的，它碎裂成随机性的无数片，想要把它们粘在一起只有靠爱。世界就像是一个破碎的镜子，只有碎片拼凑在一起才能成就圆满，爱就是将碎片拼在一起的胶水。

我们来自同一个本源，爱他人就是爱自己。但是，我们会爱和自己关系亲密的人，对其他人持有漠然的态度，用非常浅

---

① 塞缪尔·约翰逊. 拉塞拉斯：一个阿比西尼亚王子的故事 [M]. 王增澄, 译. 沈阳：辽宁教育出版社，2000：34.

的爱对待他人。如果想往上提高，就要把他人当作是自己的一部分来对待。例如，集合 A 分为 A_1 和 A_2，A_1 分为 A_{11} 和 A_{12}，A_2 分为 A_{21} 和 A_{22}。如果想要回归中心，那么 A_{11} 与 A_{12} 需要牵手联合回归到 A_1，A_{21} 与 A_{22} 需要牵手联合回归到 A_2，A_1 与 A_2 再牵手回归到 A。

这就像是一颗小石子掉到河里，就会出现波纹，每一个波纹圆上的点会形成新的波纹。波纹无穷无尽，形成一条波澜的河流，形成一个嘈杂的局面。只有波纹消减，相互间的冲突消失，湖面才会归于平静。爱是能够消减波动、降低冲突的唯一方法。

同样道理适用于当今人类，我们要想从地区文明提高到国家文明，就需要地区与地区间的人民相互牵手。我们要想从国家文明提高到地球文明，就需要打破国与国间的藩篱，国家与国家和睦相处，将不同国家联合为整个地球。

第三章

合　一

万物是一家，人类需要爱彼此，促进合一的和谐。每个人都是拼图中的部分，是飞机上的零件，是机器上的齿轮，是家庭中的成员。人类需要紧密相连，相亲相爱。

第一节　一切都是一体

整体排斥任何分裂行为，表面上的界限都是人类肉眼局限性导致的，如果我们观察本质就会发现，一切都是一体的。整体就像是一个光滑的瓷盘，没有任何瑕疵，没有任何分裂的痕迹，分界线都是人为臆想的。在最微观的层面，我们彼此是互相联结的。

内心与外界具有一体性，内心影响外界，外界反过来作用于内心。男女两方具有一体性，男性主动，女性被动，男性刚强，女性柔弱。物质与精神具有一体性，精神影响物质，物质反过来作用于精神，不能只顾精神而无物质，也不能只顾物质而无精神。

每个人都是碎片，需要与其他人互补，方可圆满。男性与女性相互需要，男性需要女性给予的温柔，女性需要依赖男性的保护。正方与反方相互需要，正方需要反方站在对面，充当自己唇枪舌剑的对象，反方需要正方站在对面，充当自己唇枪舌剑的对象。老师与学生相互需要，老师需要学生听从他的教导，分享他的知识，学生需要老师的教导，慢慢进步。每个人都只是一种偶然性，需要与其他人互补。

第二节　整体性

整体没有好坏、美丑的区分。一切都是合理的，无高低贵贱之分，一切都是平等的，都是各具特色。所有生命组成一个完美的拼图，每个人都是独一无二的部分，同时具备优点与缺点，同时既有突出也有凹陷，只有彼此相连才能够形成整体，看到全部的真相。

例如，人类的身体就是一个完美的系统。大脑负责思考、肺部负责呼吸、血液循环系统负责输送养料。如此周全的考虑，将各种因素都包括在内，任何微小的细节都没有忽略。当我们仔细思考，就会发现人体本身就是一个奇迹，它是那么完美，同时那么复杂。

人类的身体就是一个整体，所有的器官、组织、细胞都各司其职，都是人体必需的部分。它们谁也离不开谁，任何一个部位出现疾病，其他部位肯定会受到负面影响。如果胃出了问题，那么食物无法得到很好的消化，血液中养料供给不足，影响整个人体器官的运行。如果肺部出现了疾病，那么氧气的吸收遭受阻碍，其他细胞赖以生存的养料无法运输，其他细胞无法正常运作。如果免疫系统出问题，免疫系统无差别地攻击正常细胞，就会造成身体各个器官的衰竭。

同理，宇宙就像是一个各器官分工协作的有机人体，就像是一个各部分零件相互配合的机器。各部分有自己的职能，某个地方出了问题，就会产生传播效应，影响全体。就像是第二次世界大战中，战争向世界各国传播开来，就像是金融危机期间，危机很快席卷整个世界。

人类与动植物同住一个地球村，是互相影响的。我们都是一体的，让邻居好就是让自己好，伤害了邻居，那么邻居也会伤害自己。因此，如果人类真正为自己的利益着想，就必须保护环境，与自然和谐相处。

当今世界，存在各种国与国的矛盾。有的国家想的是牵制对方，宁愿经由对方混乱来获取自身利益。但是这种想法是狭隘的，国与国是相连的，一国遭遇苦难，其他国家就无法独善其身。周围的国家都是战争，战争的火种就会蔓延到自己的国家。周边国家经济不景气，自己国家的经济就会受到负面影响。我们同住一个地球村，我们互相影响。

整体就像是一片圆形光，每个人是一个光点，所有光点共同组成这片光。本来所有器官组成一个身体，但是有的人却要将大脑与肺部分开。本来所有人都组成一个地球，但是有的人却想把自我与他人分开。割裂只是人类会有的思维，对于整体而言，并无这种做法。整体是一块完好的玻璃，即使是对立双方，也能够完美地融合在一起。

人类希望做主宰者，而不愿做组成者，其实唯有融进整体才能够获得最大的利益。当今地球上，国家间设置国界，两国间的贸易来往需要征收关税。例如，有四个国家，A 国盛产铁，B 国盛产铝，C 国盛产农作物，D 国盛产石油。如果四个国家合并成为一体，国家间的壁垒消失，贸易往来没有任何成本，那么 A 国就能够方便地获取其他三国的物资，经济会有快速发展。但是如果 A 国从整体中分裂出去，它就无法自由地从其他三个国家进口物资，它需要支付高昂的关税，会面临铝、农作物、石油的短缺。只有当四个国家组成一个整体时，方能够发挥各自的优点，弥补彼此的不足。

21 世纪，分裂已经不是潮流，国家与国家间被强力胶粘合在一起，无法分开。国家想要与世界隔绝起来，已不符合整合的大趋势。地球正在慢慢变成一个村落，国与国间的联系越来越密切，相互的依赖不断加深。

第三节　损人只能损己

人类需要具有一体性的思维，损人只会损己，利人方能利己。人类采取自私的态度对待外界，带来的就是别人对自己的自私。

对于大家庭而言，自私会影响整体的和谐运行。开始时，每个人相亲相爱，把彼此当成是一家人，只为整体能够完美运行。但是突然有一天，某个制作面包的人觉得自己和其他人不是一体的，他不愿给其他人免费提供劳动。他提出需要面包就必须要交钱。慢慢地其他人产生不平衡心理，也开始向他收取费用，自私在整体中蔓延开来。

人们需要衣食住行，只能将时间放在超负荷工作上，身心遭到损害，整个社会的运行大不如前。这个制作面包的人发现，原来自私没有使自己受益，反而导致自己的生活过度负荷。后来，这个人重新心甘情愿为大家劳动，大家也心甘情愿为他劳动。他可以免费享用他人的产品，可以将时间放在自己的本职工作上，有时间和他人讨论交流。大家相亲相爱，社会的生产效率大大提高。

从以上分析可以看出，如果一个人采取自私的态度对待外界，就会承受自私带来的成本。我不愿意免费为他人劳动，同样他人不会免费为我劳动。为了生存，我必须花费时间去做自己不喜欢的事情。因此，我想要解放自己，就需要首先解放他人，唯有利他方能利己。

第四节 利人方能利己

在自然中，每一样生命都是有其存在的价值，而它的价值就在于利益其他生命。同理，在社会中，每个人具有自己独一无二的天赋。医生，歌手，画家，教师，演员，农民，厨师，每个人都发挥自己的天赋来利益社会，从而使得社会能够良好运行。

整体拼图中，每个人都无法承担所有的事情，故只能负责自己的部分，其他部分需要依赖他人来完成。例如，老师是依存于他人而生存的，他需要农民为他提供粮食，需要医生为他治病，需要歌手为他提供音乐，需要画家为他提供画，需要喜剧演员为其提供欢乐，需要厨师为他提供可口的饭菜。他是自己领域的专家，但是他生活的其他方面都需要专业人士的帮助。只有这些条件满足，他才能够最大程度上发挥自己的才能，最大程度上实现自己的价值。

其实，个人价值的发挥与整个社会的和谐运行之间是一损俱损、一荣俱荣的关系。每个人最大程度地发挥了价值，才能促进整个社会的和谐。反过来，只有整个社会和谐，每个人的价值才得到最大程度的发挥，二者间是相辅相成的关系。就像是人体的一双手，如果它想要最大程度上发挥自己的价值，那么就要为人体其他部位创造良好的条件。唯有整个身体达到最大程度的健康，双手才能够在健康的环境中最大程度上发挥自己的价值。这就是利他与自利的完美统一，只有最大程度的利他才能达到最大程度的自利。

如果国家经济发达，生活在这个国家的人就可以享受到良好的福利、便捷的交通、先进的科技，生活安逸平稳，有时间从事自己感兴趣的工作。但是如果国家整体混乱，人民无法享受美好的生活，正常的生活规划都无法实现。

在合作型的社会中，人们具有整体思维，具有更高的道德素质。人们没有生存压力，从事自己喜欢的工作，具有更多的自由。人和人的关系是正向反馈，每个人都有利益他人的念头。此类社会中，人和人不再为彼此设置枷锁，人们有充裕的时间去做自己喜欢的事情，专心发展自己的兴趣，天赋都得到极大程度上的发挥。

第五节　利益整体

纵使一个人具有再大的能力，自我膨胀都是走不通的路。唯有承认自己的渺小，唯有承认自己是整体的一部分，才是唯一的出路。当自我融进整体，只需负责自己擅长的部分，其他部分由他人负责。唯有懂得自己是海洋里的一滴水，保留自我边界融进海洋中，才能成为广阔的海洋。唯有懂得自己是拼图里的一块碎片，将自我镶嵌在相应的区域，才会成为整个拼图。

每种生命都在为系统的稳定和谐做着自己的贡献，每种生命都在做贡献的过程中发挥自己的价值。唯有整个系统是稳定的，每种生命的价值才会发挥到极致。因此，人类需要建立一种新的观念，把自我看成是机器中的一个零件，把自我融进完美的整体中。自我的价值在于使用自身独特的天赋利益合一，唯有合一变得完美，自我价值才能得到最大限度地发挥。

第四章

观察者

整体是自在，自我是观察者，自我意识是观察角度。我是观察者，对整体进行认识，进行探索，进行描述。整体作为被观察者是不变的，观察到何种现象取决于我的观察方式。

第一节　观察者的比喻

整体如同大迷宫，岿然不动，我们如同在迷宫中走动的小白鼠，不断地探索它。整体如同一头大象，我们如同盲人去摸象，盲人的认识过程是曲折的，不同盲人的认识方式是不同的。每个小我从自我角度观察到的是局部世界，将所有小我观察到的局部世界集合起来得到的就是整体景象。

我是描述者，整体是被描述者。观察者试图描述苹果时，不同的观察者有不同的描述方式。有的观察者描述苹果的营养价值，有的观察者描述苹果的味道，有的人描述苹果的产地，有的人描述苹果的品种。生物学家会说苹果属于蔷薇科植物，生长在苹果树上，将苹果分割成为不同部分，从表皮讲解到苹果核。儿童会直接说苹果是红色的，味道是甜的。

对于一幅画，不同的鉴赏者去鉴赏。有的人将它分为四部分来鉴赏，鉴赏者 1 的顺序为：1→2→3→4，鉴赏者 2 的顺序为：1→3→2→4，鉴赏者 3 的顺序为：2→3→1→4，鉴赏者 4 的顺序为：4→3→2→1。有的人将它分为两部分来鉴赏，鉴赏者 5 的顺序为 1→2，鉴赏者 6 的顺序为 2→1。因此，不同鉴赏者的思维方式不同，观察角度不同。不同鉴赏者的分割方法不同，鉴赏顺序不同，但是都有理有据。

整体是无偏好的，是不做选择的。我是一个挑选者，在无数个糖果中选择自己感兴趣的糖果。例如，A 喜欢红色，他就只会选择红色包装的糖果，B 喜欢蓝色，他就只会选择蓝色包装的糖果，A 与 B 的选择不会有交集。我们从无尽的海洋中只挑选符合自我标准的水滴，从无穷的可能性中只选择偶然性的有限信息。观察意识是片面的，只是无穷意识海洋中的一部分，只会选择自身感兴趣的信息。因此，观察者 A 挑选的信息与观察者 B 挑选的信息不一致，也就导致了观察者 A 无法感受到观察者 B 感受到的世界。

对于同样一部电影，不同类型的观察者会给出不同类型的解答。不同的观察角度会带来不同的观察结果。例如，有一个玻璃杯，从四个方向会看到不同的样子。从北方看是正方形，从南方看是三角形，从西方看是平行四边形，从东方看是梯形。例如，侦探调查案件的过程中，一旦认为某个人是嫌疑人，就会将各种证据解读成自己想象的真相。观察角度会带来对于真相的扭曲，它会给观察到的事实蒙上一层与真相完全不符的感情色彩，定下完全不同的基调。

正因为人与人之间思维方式的不同，导致了人与人相互理解的困难性，同时也导致自我喜欢否定他人，而不会包容他人。因此，执着于自我只会局限我们的观察能力，限制我们的观察范围。

第二节　观察者与被观察者

观察者对于整体的观察带有局限性，如同从各个角度来观察玻璃杯，如同从各个角度来鉴赏画作，如同从各个方面详细描述苹果，如同从各个部分来探索大象，都无法掌握完全的真相。观察者的共同点是片面性，观察者看到的观察结果是对被观察者的曲解，无法探索到完整的实相。在观察者与被观察者间存在一道无法逾越的鸿沟，即使观察者离得再近，都无法获得真相。唯一的办法只有放弃观察视角，成为被观察者，才能实现真相。

观察者与被观察者间的关系如同绝对存在与相对存在间的关系。被观察者从来都是固定的，它不会因为观察者的消失而消失，它是一种绝对存在。存在如同一幅完整的画，固定不动。我作为观察者，将它分为四个部分来观察，从 1 到 2 到 3 到 4。在我看到 1 时，2、3、4 对于我来说是不存在的，在我看到 2 时，1、3、4 对于我来说是不存在的，在我看到 3 时，1、2、4 对于我来说是不存在的，在我看到 4 时，1、2、3 对于我来说是不存在的。虽然在不同的时刻，画的不同部分显现，我感觉到了变化，但是画从未变过，这幅画始终是挂在墙上的完整版。因此，绝对存在不依赖于我的知晓。

在黑暗中，我提着一个灯笼走着，由于灯笼是唯一的光亮，灯笼走到的地方会显现。灯笼没有照亮的地方虽然没有显现，却始终存在着。盲人去摸大象，虽然盲人在探索过程中，对大象的认识范围越来越大。但是大象作为被探索者，自始至终没变。

舞台上有 3 个人 A、B、C 均处在黑暗中，他们始终存在着。聚光灯照在 A 身上，A 相对存在，B、C 相对不存在。聚光灯照在 B 身上，B 相对存在，A、C 相对不存在。聚光灯照在 C 身上，C 相对存在，A、B 相对不存在。事实上，ABC 都始终存在着，变化的只是作为聚光灯的观察者，观察者变换导致相对存在和相对不存在。

我们慢慢探索，对世界的认识越来越广。虽然我们觉得世界越来越大，但是世界始终是如此，变化的是我们自己。观察者自己的变化，导致观察者观察到的相对世界出现变化。

第三节　观察者的影响

整体是一团不透明的整体物质，类似于混沌，类似于鸡蛋，类似于母体胎盘，各部分胶黏在一起，无法将其分裂为部分。在意识海洋中，一切本一体，无你我的分别，自我意识的觉醒会使得所有意识碎片为自我打上标记，即名字。

所有人都希望自我的突出，在一个淹没自我的整体中，自我找不到存在的痕迹，自我和其他自我无任何区别，是为整体默默服务的无名氏。因此，自我期求表现，自我期求从整体中突出，获得被关注的机会，这是所有虚无的起源。例如，有一个瓷盘，起初瓷盘是完美的，无任何残破，无任何缝隙。如下图2所示，有一个拼图，拼图开始是拼好的，没有块与块间的缝隙。此时，里面的小我必然感受到悲哀，它被淹没在人群中，它没有名字，它的样子没有人关心。

① 本源无分裂、无标记

② 碎片产生自我意识，标记产生

图 2　自我意识的觉醒

但是有一天，里面的小部分突然苏醒，强烈地期望突出自己。它挣扎着，要将自己与其他部分区别开，慢慢地一条围绕着它的裂纹产生。这个裂纹，就划分出了它的领土，就将它与别的部分割裂开来，这就是它的符号。对比①②可看出，第①种情况下的整体从未变过，第②种情况下的碎片处在时空感觉中。

例如，一部电影有 3 个角色，从观众来看，电影未曾变过。可是，对于电影中的单个体验者来说，他所饰演的角色始终在变，把角色体验了一遍。因此，电影是不变的，所有的角色都是固定的，我感受到的时间变化是由于将自我定义为体验者引起的。

例如，有 3 个参观者来到一个房间里，房间里有 3 件物品，形态各异，3 个参观者要观摩这 3 件物品。3 件物品全都紧紧地固定在房间里，无法移动。经过一定次数，每个参观者都将 3 个物品全部观摩一遍。房间里面的物品从未变过，只是参观者们互相交换位置。所有参观者最终观察到的都是 3 件物品，彼此是平等的。

从无限时间来看，没有人会比其他人多体验什么，少体验什么。每个人总体收获的东西都是一样多的，是个固定容量的水池。如果电影中有 3 个角色，那么人人都会体验到 3 个角色。从总体来看，我和你无任何区别，我将来变成了你，你将来变成了我，我们的总和都是一样的。观察者各自观察到的水池发生变化，但是真正的水池从未改变。一旦我把自己看成水池而不是观察者，就不再有变化。

第五章

合理化理论

世界自在运行着，观察者需要为自己观察到的现象赋予意义。理论是一种合理化观察现象的方式，合理化理论是一种自圆其说。现象是自变量，理论是因变量，理论依存于观察到的现象。

第一节　虚无+适合的合理化理论＝存在

合理化理论能够赋予人类存在的意义，因此，虚无+合理化理论＝存在。虚无就像是空气，一旦接触到人类建立的合理化理论，立即会沉落在地上，变成厚重的石头。虚无是缥缈的，但是经由理论来合理化这种虚无的状态，就使空气瞬间变成实在的城堡。因此，使用理论来合理化虚无，会让人感觉到如存在般的厚实。

　　本来各种事物对于人类而言是不可理解的谜团，人类找不到理论来解释它。但是有了合理化理论，事物就从轻飘的不可捉摸变为厚重的可知。有了合理化理论，存在就有了理由。例如，生活中发生不幸的事情，如果找不到理论来解释它或者找到错误的理论来解释它，就会觉得自己是遭受不公平对待，就会生活在痛苦中。但是如果能够找到正确理论，痛苦会减轻许多，生活不再迷茫。

　　人有将虚无变为存在的力量，就是使用合理化理论。一旦人们找到合理化虚无的理论，帮助虚无找到目的，那么虚无相对人来说就具有了存在的特点。但是如若人们找不到合理化理论，就会重新归于虚无的感受中，找不到存在的重量。人生本无意义，是人自己赋予其意义。如下图 3 所示，对于虚无 A，如若找到合理化理论 A，就会成为存在，但是如若找到的是错误的合理化理论，就依旧为虚无。

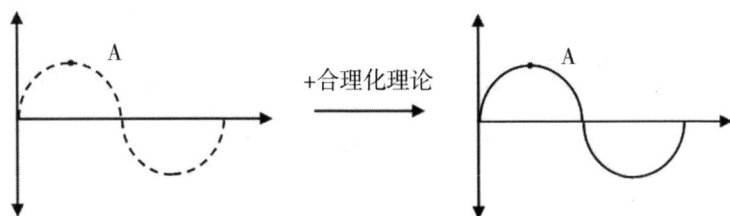

图 3　虚无+合理化理论＝存在

　　西方经济学中，在 20 世纪 30 年经济大萧条背景下，凯恩斯提出的需求管理政策理论在西方迅速传播，迎合了当时西方国家的需要，为政府干预经济提供理论支撑，但是在 20 世纪 70 年代中期，西方国家出现了滞胀，凯恩斯理论根本束手无策，政府需要对经济使用偏向自由主义的政策，凯恩斯思想无法为政府提供支持，因此他的思想渐渐衰落。[①]

如果人们无法找到正确的理论来合理化虚无的状态，就会发现自己找不到存在的重量。不同的阶段需要不同的合理化理论。

第二节　适合的理论

每个人都生活在合理化自我行为的世界中，对于自我行为，人会找出理由为自己解释，找出合理化自我行为的理论。

例如，整体分为四个部分 A、B、C、D，他们各自活在自己的相对真理中，有两种概率为 1 的情况。第一种情况，$P(A+B+C+D)=1$，所有部分组成的整体概率是 1。第二种情况，A、B、C、D 对应的合理化理论为 A1、B1、C1、D1，$P(A\mid A1)=1$，$P(B\mid B1)=1$，$P(C\mid C1)=1$，$P(D\mid D1)=1$。第二种情况中，A1 是与 A 相对应的合理化理论，虽然 A 的绝对概率肯定小于 1，但是基于合理化理论 A1 的 A

① 高鸿业. 西方经济学（宏观部分）第五版［M］. 北京：中国人民大学出版社，2011：477.

的条件概率就变为1。

因此，整体是存在，但是意识碎片遇上适合的相对真理，同样会变为存在。人都要寻找生存的意义，寻找适合自己的合理化理论，经由这种理论来支撑自己。一旦找到相对真理进行合理化，就会有充实感。找错或未找到合理化理论就散发着虚无的气息，就会感觉到迷茫。例如，对于找不到理论的 A 而言，$P(A) \neq 1$，对于找错理论的 A 而言，$P(A \mid B1) \neq 1$，$P(A \mid A1+B1+C1+D1) \neq 1$。例如，正方形分为三个碎片，对于碎片 1 而言，它只需要相对真理 1 来合理化，不需要相对真理 3 来合理化。理论具有一定的时效性，它只在某个历史阶段是真理，只在某个历史阶段盛行。

虚无需要合理化理论方能转化为存在。例如，现在我上初中，老师只需要教给我初中的知识即可，虽然它不是最高深的知识，有比它更高深的大学知识，但是它却是最适合的理论，我只能接受到这个程度。例如，作家写作深奥的书籍，书中有艰涩思想，如果他想将这本书给普通人看，那么他就要删除很多难懂的部分，只保留大众能够接受的简单部分。

虽然相对真理相比于绝对真理而言是不完美的，具有很大漏洞，但是它却是最适合特定阶段的理论。只要是适合的合理化理论，那么它就会成为此阶段的真理，绝对真理反而不适用。因此，针对特定发展阶段的人类文明，需要采取适合的社会制度。

第三节　绝对真理与相对真理

绝对真理就像是藏在盒子里的白纸，没有一点污染。如若将盒子的盖子打开，看到的就是污染过的白纸。如若将盖子合上，就看不到白纸。因此，绝对的真理是不可知的，当我要去知晓，就已经不是绝对真理。唯有放弃知晓的欲望，方能成为绝对真理，可是此时已无知晓的人存在。

绝对真理无法经由观察获得，因一旦有了观察，就有了污染。绝对真理就像是陶渊明笔下的桃花源，没有外界的污染，却也是个有去无回的地方，凡是闯进其中的人必须留下，不能跑出去将秘密宣扬出去。例如，一群人去盗墓，墓穴位于沙漠中，未走进墓穴的人不可能了解墓穴里存在的东西，他们只能经由传说来了解它，但是显然传说不是事实真相。走进墓穴的人虽然知道墓穴里的东西，但是却不可能逃离墓穴，不可能带走宝物，他们只会在墓穴中死去，成为墓穴的一部分。因此，外界永远不可能知道墓穴的真正秘密，而知道秘密的人只会葬身其中，以死亡作为代价。于是，不知多少岁月过去，冒死前来发掘宝藏的人换了一批又一批，沙漠里的白骨越积越多，但是墓穴从未变过，它始终屹立在那儿，粉碎了时间的诅咒。

合理化理论依存于观察到的现象，观察到的现象是管中窥豹，故合理化理论肯定也是局部的。我们观察到的世界是不全面的，因此在这个片面性的世界中，无法接触到绝对真理，从偶然性角度出发得到的理论都是相对真理。

世界是个自在，存在于观察角度产生前，是反思前的我思。① 在观察角度产生后，绝对真相消失，剩下的只有从观察角度所得出的相对真相。我去看一部电影，站在屏幕外看待电影里面的角色，能够很容易从旁观者的角度指出对方的执着，但是如果我自己成了角色中的一员，那么又怎么做到独善其身呢？什么事情都害怕亲身体验，什么事情都害怕当局者。只有成为电影屏幕外的观众，才能够看到全部的真相。

一、从自我角度判断外界

其实，我们从始至终都未真正了解他人的想法。我们所感知到的他人，是经过自我思维特点加工后的他人。我们无法了解别人眼中的世界，语言是解决思想阻碍的办法，但是却包含很多谎言。人不可能猜出别人的想法，只能依据自己的想法来推测别人的想法。我创作出一部作品，如果别人没有语言评价，我会将自己看待作品的方式作为别人看待这个作品的方式。我觉得这个作品很完美，我就会想象别人同样用完美这个

① 反思前的我思和我思，分别对应于存在和虚无、自在和自为、名词和动词，虚无是对存在的否定，详细内容参阅见萨特. 存在与虚无 [M]. 陈宣良等，译. 北京：生活·读书·新知三联书店，2007：10.

词语来形容我的作品，此时是我将自己的想法转嫁给了别人。

因此，我触摸不到别人对我的真正评价，只能选择揣度，用自我看待自我的方式来代替别人看待自我的方式。不论我多么客观，不论我多么吸纳别人的意见，我终究是活在自我世界里。我们都是固执己见的人，不愿意包容，不愿吸纳。但是我们会因为过于自我而变得狭隘，看不到真相。人类将宁静夜晚想象成恐怖黑夜，将快乐的晴天当成悲伤的阴雨天，都是沉浸在自我世界的表现。

所有固执己见的人都会陷进狭隘世界里，我相信自己的某种判断，但是这种判断是经过内部的材料来验证的，始终未脱离一个圈。用内部来证明内部是错误的逻辑，此类论据明显带有强烈的个人判断在里面，是客观事实经由观察者观照后的产物，不具有客观性。

客观事实经由观察者观察后就演变为观察者所感觉的事实，这个相对于观察者来说存在的事实只是将客观真相加工后的扭曲版本。例如，导演用自我揣测去拍一部历史题材的影片，他拍出的电影是他想象的历史，必定与历史真相存在差距。电影中各个人物表现出来的行为动机都是导演依据自我思维揣测出来的，不一定是历史人物的真实想法。例如，史学家们编纂史书，记录下来的文字是夹杂着记录者本身价值观的。这些都是打上观察者标记的产物。

二、从自我中解脱

人只知道自我想法，对别人的想法只能靠猜测，很容易形成对世界的错误认识。人沉浸在自我的世界里，被自我的思维方式浸泡着，被隔绝在一个小世界里，就会视野狭窄。如果不与他人交流，不吸收他人不同于自身的思维方式，就会造成极端的片面性。例如，世界有两种颜色，黑色和白色各占一半，在黑色的一方看来，他把他的黑色特征扩展到整个世界，觉得整个世界都与他一样是黑色。同样道理适用于白色的一方，他会觉得整个世界均为白色。

如果我们沉浸在片面性中，就会成为当局者，看不清真相。唯有从空中俯瞰，方知晓整体格局。我只有知晓对方的想法，体会到他的所有感受，我才具有双重视角。我将他的偶然性吸纳进来，与自身的偶然性结合。例如，存在 1 和 2 两个部分。对于 1，如果它只沉浸在自己的思维方式中，那么它对于世界的认识只有 1 这一块。但是如果它承认思维方式 2 的合理性，那么它对于世界的认识就有 1+2 这个面积。

因此，个体需要在坚持自我个性的前提下，从自我空间中走出，吸纳其他个体的想法，方能看到更丰富的世界。人类从封闭空间里走出来，试图去接纳他人视角的认识方式，才能避免闭目塞听。

三、冲突源于不同

你偏好实践，我偏好理论，我们彼此争论。双方各有各的道理，其实不是对方错误，而是因为彼此的思维方式不同。每个人都是从自我角度来看待问题，用自我的价值观来衡量整体。我与其他人不同，那么我必然无法理解其他人。我肯定自己，就必然会否定与我不同的其他人，把与我不同的想法看成是错误的。我们本质不同，争斗是无出路的，争论只是提供给双方阵营证明自我的机会，正方不会使反方屈服，反方不会压倒正方。

所有的争论都起源于碎片从自我思维出发妄图去同化整体，没有谁对谁错，双方都是整体中的一部分。所有的争论止息于双方认识到彼此的不同，不再妄图使对方接受自己的思想，不再试图去同化对方，而是选择承认对方存在的合理性，与对方握手言和，包容对方的思维。

两方阵营各执一词，分歧的真正来源是两者的不同。一切的评价标准都是从碎片角度出发制定的。我选择了一个阵营，我就会有判断标准，赞成自己的阵营，反对异类阵营。但是如果我没有选择阵营，成为中立者，我就会发现一切都是立场问题。

整体从未有过判断标准，在它看来，一切均是合理的。对于分歧，我们试图去同化异类，试图去攻击异类，试图和异类辩论，都不是好的解决方法。真正有效的解决方式是，我们学着包容，学着接受不同于自己的生活方式，理解方能共存。

第六章

自由意志

哲学中，自由意志强调一切均是自我的选择，我可以自由决定自己的路。但是，很多时候我们会发现自己遭到了自由的限制，无法随心所欲。

第一节　自由意志的体现

生活中的每个决定都需要自我的选择，到底是选择爱自己还是爱他人，到底是选择怨恨还是宽容，到底是选择哪个工作。站在十字路口，到底是做出哪个选项，就是自由意志的体现。不要试图将自我意志强加到其他人的头上，任凭他人自由发展。

每个人都有自由意志，都有自己的思考，都有自己的选择。强势者想要控制一切，想要尽在掌握的操纵感，但是他人都有自己的思想。对于他人做出的决定，最好不要插手，遵循每个人的天性。父母不去控制子女按照自我设想的道路走，夫妻不去强制伴侣走自己规划的路。每个人各归其位，每个人发挥自我的天赋。

很多时候，我们会纠结后悔，如果当初做了另一个选择，现在是不是会变得更好。但是其实，每一种选择都有得到和失去，都有其他选择无法替代的喜怒哀乐。我们应该遵循"一择而终"的原则来对待现有的可能性。一旦做出某项选择，就应该接受这一种可能性，去挖掘它的全部精彩，不再去纠结其他选择。对于人们来说，只要去接受它，每种可能性都能活出精彩，都能够收获独一无二的感悟。

对于女性来说，一种可能性是一直追求自己的理想，另一种可能性是在世俗看来"合适"的年龄选择结婚生子，回归平淡的家庭生活。两种可能性各有各的精彩，前者是起起伏伏，后者是平平淡淡。我们所做的不是去偏好哪一种，而是应该去看出现的是哪种可能性，就去接受哪种可能性。对于想要体验的人而言，每种可能性都是同样重要的。无论结局如何，从体验的角度来看是无偏好的。

第二节 自由的限制

人类的自由意志遭到制约，就源于整体的不可分割性。一切都是相互联系的，如若从整体中的某个小部分出发，那么只会是有限的自由。对于整体中的小碎片①而言，它是镶嵌在这个长方形中的。周围的碎片决定了碎片①只能是这个形状，多一分少一分都不行。

人类局限于①部分，但是①外面还有其他部分。人类觉得自己完全自由，能够自由地做成任何事情。但这只是一个存在于想象空间的美梦，事实却是，人类身上连接着很多线，无法独立于外界。从空间上看，人与其他人相关，行为受到周围环境的影响，外界对其充满各种限制；从时间上看，人的过去行为对其现在形成制约。

我是某个碎片，本想独享整体的自由，却发现根本不可能。由于存在其他碎片，留给我的自由面积极为狭小。我作为一个碎片，试图去获取超出自我范围的自由就是妄想。绝对的自由只属于整体。所以，小我只能接受有限的自由，带着锁链跳舞。

整体紧密联系在一起，组成圆满。一旦企图割裂这个圆满，从圆满中分隔出小的碎片，那么这个碎片的行动就会受

42

限，无法做到自由。因此，只要选择做观察者，就只能观察到局限性的世界，而自由限制也如阴霾般始终跟随。

自由限制的本质来源于我的偶然性。我是完整拼图中的一块碎片，我活在和其他碎片的联系中。我不是单个人在行动，而是要考虑其他人对我的影响。从空间上来说，我想做成某件事情，但是没有外界条件，我无法做成。我本来没想做成某件事情，但是外界给予我条件，我竟然顺利做成它。从时间上来说，过去做的事情会对现在造成限制。我想要成功，虽然我现在很有能力，但是由于某个人的阻挠我无法做成。我没有想要成功，但是由于某个人的帮助我直接做成。

自由限制来源于人与周围的相互依存性。我想去做某件事，觉得自己有自由意志，但是外界条件不具备，我就无可奈何。人是无法与他人割裂的个体，是无法游离出整体的当局者。人是与他人共存的，外界条件对人的行为产生限制，无法做到完全的自由。

人类的不自由来自对外界条件的依赖性。当我是整体的一部分时，我的所有活动都不可能完全自由。因此，人想要成功，光靠个人的努力是不够的，很大程度上依存于外界条件。外界条件充足时，我可能就会成功。外界条件不足，我可能就会功亏一篑。外界条件给我的自由意志增加了限制。

自由限制不仅来源于空间上的相互影响，而且来源于时间上的相互影响。时间是一个整体，如同一个拼图。现在不是独立体，它镶嵌在过去、现在、未来组成的完美整体中，无法独善其身。现在担负着形成过去结果和导致未来的责任。[①] 你想要顺遂的人生，但是过去的行为对现在形成限制，取代了现在的美好理想。过去、现在、未来是互相联系的，三者的一体性就为现在设了限制。

第三节　自由的变动

人类备受自由的限制，就是因为人总是无法打破惯性。面对外界的冷漠，选择同样的冷漠。面对外界的伤害，选择怨恨。面对外界的失败，选择逃避。面对生活困境，只会埋怨外界。面对能力提高带来的财富，变得骄傲自大。上述的行为模式带来的结果就是生活中不会有新鲜事。

我有两种思维方式，第一种是我对外界被动反应，外界怎样我就怎样。第二种是我主动影响外界，经由改变自己来改变外界。只要人类从被动适应环境变为主动创造环境，按照智慧和爱的规则行事，就能够具有更大的自由意志。

现在的生活状态是过去行为的反映，是过去行为的结果。但是我们需要重视的不是这个结果，而是对这个结果的反应。

---

① 卡尔·荣格. 荣格心理学［M］. 张楠，译. 南昌：江西美术出版社，2019：580.

我无法控制别人，但是却能够掌握自己。在遵循客观运行规律的同时发挥自己的主观能动性，化被动为主动，明白真正的主动方是自我，那么就可以选择选择主动的微笑，可以选择宽容，可以选择改正自我缺陷，可以选择降低物质欲望，可以选择善待他人，可以选择将多余的钱权名利用于利他，可以选择累积智慧，可以选择低调谦虚，那么必然会将人生掌握在自我手里。

第七章

一切平等

当今世界中，经常有人抱怨不平等，但是实际上，总体来看，没有人能够比其他人高，没有人能够比其他人低，不平等是暂时的。在无限的长河中，我们都是平等的，我们需要用平等的心态来看待周围的一切。

第一节　每个人都是独一无二的

真相只有一个，那就是合一。生态系统中，石头、植物、动物、人类地位平等，互相依存，都是整体和谐运行的必备。如同一部电影中，有好的人，有坏的人，每个角色都是电影运行的前提。电影导演在意的是电影内容的完整，有演员演正方，有演员演反方，角色在他眼中都是无偏好的。

社会中有各种人物，有农民，有司机，有厨师，有老师，有歌手，有科学家。从整体来看，每个人都是独一无二的，都是不能被代替的。农民能给人们带来粮食，司机能给人们提供交通便利，厨师能够为人们做出美味食品，歌手能给人们带来音乐，老师能够教书育人，科学家能够带给人们先进的科技。各有分工，缺一不可，所有人具有平等的地位。

每个人身上都有闪光点，都有其特色。有的人虽然具有抽象的智慧，但是没有博学的多样性。有的人虽然学历不高，但是具有绘画天赋，创作出具有艺术美感的作品。每个人都具有自身的优点，具有不同于他人的存在方式。例如，一个人是音乐家，另一个人是农民，音乐家不能产生比农民尊贵的心态。在整体眼中二者平等，音乐家创作了美妙乐曲，愉悦了大家，农民栽种了粮食，为人们提供了食物。农民离不开音乐家的乐曲，音乐家离不开农民的食物。两者各有优劣，没有评价的可能。

每个人都是组成整体的碎片，各具特色，却无高低的分别。对于飞机来说，小螺丝与大零件都很重要，缺少任何一个飞机都无法运转。因此，对于整体而言，我们都是独一无二的，我们地位平等。只有接受这个平等的事实，尊重每一个人，才是真实地平等对待他人。

第二节　冲突源于不同

世界上没有绝对的错与对，人类从自我角度建立的评判标准注定是片面的。每个人都从自己的角度看到部分世界，每个人都觉得自己的理解是正确的。对于同一个人，有的是对他的赞赏，有的是对他的喜爱，有的是对他的指责，每个人的思想都是不同的，他无法满足所有人的喜好。

例如，A 说玻璃杯是方形的，B 说玻璃杯是圆形的，A 觉得自己对而 B 是错的，B 觉得自己对而 A 是错的。两者非常激动地争辩起来，A 运用自己世界的一切作为论据，B 运用了自己世界的一切作为论据。但是，不管 A 对 B 如何解释，A 的论据再合理，B 也无法清晰地理解 A 的价值观，B 也想象不出 A 对世界的看法。除非 B 变成 A，从 A 的眼中观察世界，他才会真切地懂得 A。

男人来自火星，女性来自金星。两个国家发表指责对方的言论。其实，双方不应该互相评判。你觉得他不好，不是因为他真的不好，而是因为你无法理解他的世界。双方各有各的性格，各有各的价值理念。双方需要选择适合自己的生活方式，一方试图将自己的生活方式移植给对方就是不明智的行为。因此，争斗没有任何价值，双方都有自己的道理，都是整体的一个侧面。

社会上存在规则，都是依据少数服从多数的准则制定出来。如果大多数人觉得某个想法是正确的，那么这个想法就会成为真理。如若大多数人都觉得玻璃杯是圆形，那么它就会成为人类公认的价值观。但是如果某个异类说玻璃杯是个方形，他就会受到来自人类的指责。如若大多数人类处在黑屋子里，那么世界是黑的就会成为默认的真理。但是如果某个人说世界是黑白交替的，这个人会成为众矢之的，原因是他和多数人是不同的阵营。

假定整体长方形根据紧密性和共同点，分为Ⅰ、Ⅱ和Ⅲ三个部分。如果大多数人在Ⅰ阵营，你却来自Ⅱ阵营，那么你和多数人看待问题的方式会有根本区别。因此，评判规则不是绝对真理，它只是一个阵营的人制定出来的有利于自己阵营的规则，或者只是某个阵营的多数人赞同的真理，它只适用于一个很小的范围。

当今社会，各大领域的思想分为不同的门派，像是经济学思想分为经济自由主义和国家干预主义，不同分支间互相批判，处在激烈的争斗中。所有的批判不是源于对错之分，而是源于不同。对于异己，我会批判，我会讨厌，对于类己，我会拉拢，我会喜欢。相同的人会站在同一阵营，会为自己阵营的人说话，会和不同阵营对立，这是个简单的物以类聚的现象。但是，这种对立只有在互相包容中才会消失。只有与异己和好，用包容心接纳异己的存在，方能够让自己变得更广阔，将自己从狭隘的片面性中拯救出来。例如，1 遇到 2，如果选择冲突，就只会局限在 1 这个范围内，如果选择包容，1 就会变成 1+2。

当今社会，全球化日渐显现，不同地区的文化差异明显，要将不同文化背景的各国融合成整体，必然需要彼此的包容，包容不同文化差异的做法是适应全球化趋势的和谐思想。

第三节　制造不平等

起初，所有部分都被一视同仁，没有突出者。但是小我却不满足，想要打破这种不平等，想要超越其他小我。但是小我制造不平等是无用功。我试图获取财富从而比别人富有，虽然制造了暂时的不平等，但是到头来所有人依旧是平等的。

无底的桶是不可能装进水的，我硬要去添水，但是每次我添进去的水都会从底下漏掉。我制造了不平等，但是每次都会被平衡掉。

因此，小我虽然暂时制造了不平等，但是转了无数圈，到头来却发现所有人依旧是平等的。历史长河中，风起云涌，一国强大，另一国弱小，但是随着时间推移，角色互换，强者衰落，弱者崛起。

我去制造不平等，但是经由无尽的时间发现我所有的努力都是在做无用功。在无限的时间里，每个人都是平等的，没有吃亏的人，没有占便宜的人，没有人会赢，没有人会输。当我尝试无数次，终于发现自己逃脱不了这个事实，终于发现这种不平等的设想是不可能达到的。我才会选择放弃，不再去制造不平等，选择承认平等的真相，以平等心对待万物。

第四节　人们的体验总和相同

在无限的时间中，我们的体验总和是相同的。就像是表1所示，电影中有3个角色，我作为一个演员，把3个角色都演一遍，你作为一个演员，把3个角色演一遍，他作为一个演员，把3个角色演一遍。只是我在演角色1的时候，你在演角色2，他在演角色3。我在演角色2的时候，你在演角色3，他在演角色1。我在演角色3的时候，你在演角色1，他在演角色2。我们只是互相交换位置，但是总体而言，我、你、他都是经历了三个角色。

表1　不同时间演绎的角色

	我	你	他
第1年	1	2	3

	我	你	他
第 2 年	2	3	1
第 3 年	3	1	2

现实生活中，大学教授经历所有的教育阶段，曾经的他是小学生、初中生、高中生、大学生、硕士生和博士生，他看到某个小学生就会想起曾经的自己。两个人走在同一个圆上，虽然出发点不同，有前有后，但是全程走的路都是整个圆。

曾经我是站在高台上朝着人群挥手的人，现在我是无数围观者中的一员。在时间的流逝中，我变成了你，你变成了我，我们互换彼此所体验的角色。但是，总体而言，我们体会到的角色总和是一样的，我们是平等的。

第五节　生活在适合的环境

圆上所有的点都是平等的，没有高低的分别，所有点共存于圆上，关键是每个人待在适合自己的位置上，各归其位，各尽其能，生活在适合自己的世界中。

其实，痛苦的不是苦难中的人，不是被世俗烦恼的普通人。最痛苦的是生活在不适合自己的世界，有颗平庸的大脑却要与高智商的人为伍，有颗聪明的大脑却要与普通人待在一起。普通的人不差于优秀的人，只要普通人与普通人待在一起，优秀的人与优秀的人待在一起。你喜爱阳光，却不可以给他阳光，因为他喜爱的是黑暗。

我们无法将自我想法强加给别人，适合我的真理不一定适合其他人。对于普通的孩子而言，父母想要把他送到天才学校，让他和天才一起上课。他会产生不适应感，周围智商高的孩子伤害到了他的自尊，打击了他的自信心。其实在他看来，和相似的普通孩子一起成长会感觉更舒适。

于是，人要生活在与自己相当的世界里，获取自己能够接受的相对真理。过于先进和过于落后都不行，过高和过低都不行。人要待在适合自己亮度的光中，太刺眼和太暗淡都不行。圆环上的每一个点都是平等的，关键是待在适合自己的世界中，和自己同类型的人待在一起，做适合自己的事情。每个人都需要看清楚自我的位置，找准自己的位置，只有如此，方能够促进整体的和谐。

第八章

二元论

整体肯定一切，包容所有，将矛盾对立融合在一起。两种互相对立的事物可以经由对比更清晰地认识自己，给自己定位。当两种对立事物的矛盾消失后，就会完美地融为一体。

第一节　各种二元

在人类的有限思维下，经常出现相互矛盾的极端学说，冲突双方是无法统一的。但是其实，整体容许矛盾双方同时存在。在真相中，一切矛盾对立都消失。

世界是无始无终的，既不是先有鸡再生蛋，也不是先有蛋再孵出鸡。它是一个循环，没有先后之分。当然，如若人为截断，将环断裂为直线，就会找到开端。若在 A 点截断，则是先有蛋，若在 B 点截断，则是先有鸡。不同的思维方式导致不同的结果。主动与被动是两种对立的事物，但是它们只是一个问题的两个方面。我对外界的作用力等于外界对我的作用力。我将责任归咎于自己，那我就会主动，我将责任归咎于外界，那我就会被动。我觉得开始于他打我一拳，我就永远处于被动回击的位置。我觉得开始于我打他一拳，我就有了主动改变的可能。不管怎么样，两种思维方式都是正确的。

两个极端如同蛇头与蛇尾连结，看起来很远却是邻居。中国太极拳的中心思想是以柔克刚，至柔亦是至刚，至弱亦是至强。理想和现实两种性格会在一个人身上显现。最有利于他人同样最有利于自己。极度微小就是极度宏大，人类向外探索到最宏观世界，人类向内探索到最微观世界。人生道路上会出现晦极生明的情形，黎明前总是最黑暗的时刻，而熬过了黑暗时刻，就能够迎来光明。

哲学中有二元思想，即物质与精神的对立，中国的古老智慧中有出世与入世的区别。但是其实两者不可能分裂开，它们互相联系。物质与精神具有一体性，不能只顾精神而无物质，不能只顾物质而无精神。精神指导物质世界的运行，同时经由物质世界来更好地理解精神。因此，人类需要物质与精神的结合，理论与实践的结合，出世与入世的结合。

第二节　善恶论

中国春秋战国的百家争鸣中，孟子主张"性善论"，荀子主张"性恶论"，于是衍生出了不同的治国思想。性善论者主张以仁治国，引导人们的善念，施行教育。性恶论者，如荀子，主张礼治与法治结合，而他的学生韩非子主张以法治国。但是其实，人之初既不是善，也不是恶，而是一种婴儿的纯白状态，善恶不过是两种发展方向。

纵观历史，永远存在善恶两边，忠奸两派，黑白两道，君子小人。这就像是一场辩论赛，每方都觉得自己的派别是正确的，搜集论据来证明自己观点的正确性。在所有的电视剧中，总有好的一方和坏的一方。电视剧持续三十集的原因就在于两方的争斗。

整体中，黑白完美地融合在一起，没有任何矛盾，但是当不完美出现，矛盾也就出现，斗争也就出现了。但是，正反两方却是彼此需要的，没有反方，正方去与谁争斗呢？在拍摄电影时，对于导演来说，黑白是无区分的，他不偏好于任何一方。导演只在乎电影的完美演绎，导演考虑的是好人与坏人间的关系，既从好人角度考虑又从坏人角度考虑。只有黑白双方对峙，电影方能继续。如果两者和好，电影就到了结束的时候。当两方开始接纳彼此，湖面上的波纹就会停止波动。

　　虽然整体没有评判，但是我们人类会有对于善的偏好。好的收获利益，坏的收获损失。与人为善得好的结果，与人为恶得坏的结果。对于人类而言，坏的结果会带来一系列痛苦，这类痛苦是不利于自身的。因此，我们要建立向善的道德观。

第三节　自我与外界

　　自我产生以后，就产生了自我与外界之分，产生了自我与非自我的对立。人们从自我角度出发，就会对世间的一切产生评价。于是，事情就会有好坏之分。但是其实，自我与外界是一体的，你为他人好，其实也是为自己好，放过他人就意味着放过自己。

　　我们知道作用力与反作用力是相等的，不管 A 对 B 所施加的作用力是怎样的，B 对 A 的反作用力是相同的。同样，自我对外界产生的作用力都会以同等程度返回到自我身上。自我现在对外界施与十分的力，就会从外界得到十分的力。

　　存在的只有整体，但是一旦出现自我，就会有自我与外界的区分。不断地爱他人或是不断爱自我，就是打破这种分裂，最后的终点都是意识到没有自我与外界的分别。他人即自己，爱他人即是爱自己。我选择去怨恨，让他人痛苦，其实也是让自己生活在怨恨中，给自己带来痛苦。我原谅他人，其实就是原谅自己。

利人方能利己，自利与利他相结合，最大程度的爱他人就是最大程度的爱自己。我将自己的思想分享给他人，我自己变得更加智慧。相反，损害他人就是损害自己。人只能看到眼前，觉得不帮助别人，就是对自己有利，殊不知是对自己有害。某国家采取贸易保护，给其他国家设置高关税，其他国家同样也为它设置高关税，给别人设的限制最终也给自己设上了限制。自我与外界是一体的，我对别人做什么，其实就是对自己做什么。我们设想的自利是一种短期利益，却不知自己会失去长远的更大利益。

我们无法改变别人，只有通过改变自己来改变别人。想要外界如何对自己，就要先如何对待外界。于是，真正重要的不是别人怎么做，而是我怎么反应。唯有我的反应才是决定我将来会如何的因素。别人对我发射箭不是一种因，而是我曾经对别人发射箭所导致的。我是主动者，外界只是呈现给了我曾经行为的结果。我要将焦点放在自己如何对待外界上，才会为未来的自己赢得幸福。

我可以将自己作为主动方，将外界作为被动方。经由主客位置的转化，我就完全掌握了主动地位。人以前总是把焦点放在改变外界环境上，现在需要将注意力放在改变自己上。如下图 4 所示，我对着墙壁练球，球向我飞过来，我觉得自己不得不迎击，自己是被动回击者。但是这种想法容易使人丧失主观能动性。我要看清真相，球向我飞过来是由于我把球打了出去。因此，我不应该理会球如何扑过来，而要将关注的焦点放在如何打出去球。大多数人都生活在对外界环境的被动反应中，别人打我，我就打他，别人对我好，我才对他好。其实，真正控制外界的行为方式应该是，我对他好，他才会对我好。

焦点线 ————
结果线 - - - - - -

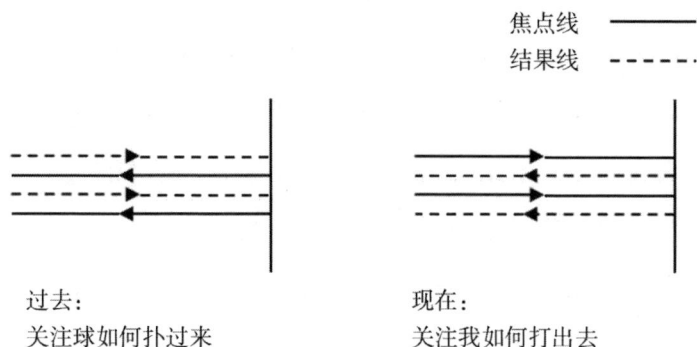

过去：
关注球如何扑过来

现在：
关注我如何打出去

图4　主动方和被动方

我们可以经由改变自我来改变外界。不论外界如何，我始终以爱的光芒发射到外界，那么将来我会得到同样的回馈。

第四节　顺之则吉，逆之则凶

绝对真理肯定一切，取消了二元对立。可是在特定阶段不存在绝对真理，存在的是相对真理。相对真理是片面的，它必然肯定一部分，否定另一部分。如果社会正从旧制度过渡到新制度，那么就需要肯定新制度，否定旧制度。如果世界从分裂走向整合，那么就需要建立一个肯定整合和否定分裂的理论。因此，在某个阶段，只需顺势而为，给予大家一种相对真理，而不需要绝对真相，相对真理会带领大家从一个阶段过渡到另一个阶段。

理论是不断变化的，变动的原因在于观察角度的出现，在于观察者去探索整体。观众将一部完整的电影分割为多个时间段来观看，这就会导致在特定时间段中看到局部的世界，发现相对的真理。如下图 5 所示，从整体来看，正数的面积与负数的面积相同，是互相中和的，这个图形的面积总和为零。在整体来看，不存在正数超越负数、负数超越正数的现象。

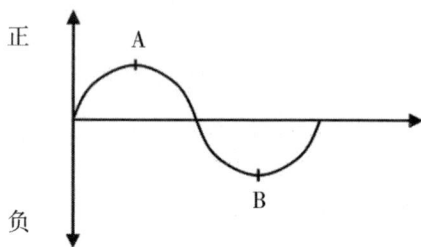

图 5　正数和负数的面积相同

但是，当观察者出现，使用时间来观察整体，情况就会变得不同。当观察者从局部考虑，就必然出现对正数的偏好或是对负数的偏好。从对正数偏好的阶段到对负数偏好的阶段，观察者就感受到了从一种状态到另外一种状态的过渡，感受到了状态的相互转化。

当观察者到达 A 点后，正数已经走到了顶峰，再也无路可走，此时唯有对于负数偏好的理论能够将其顺利地引导到下一阶段。当观察者到达 B 点后，负数已经走到了顶峰，再也无路可走，此时唯有阐明正数好处的理论能够将其顺利地引导到下一阶段。虽然强调负数的理论和强调正数的理论均是片面的，不是绝对真理，但是却都是能够促进世界顺利过渡的良方，是属于那个时刻的相对真理。

一、此消彼长

我们的世界中，存在各种二元对立。虽然二元在整体中势均力敌，但是在考察某个局部的时候却会出现高低之分。例如，总体时间中，白色的总和是 10，黑色的总和是 10。它的分布是，第 0 秒~第 50 秒，白是 10，黑是 0。第 50 秒~第 100 秒，白是 0，黑是 10。虽然整体来看，黑白都为 10，但是在不同时间段却不是如此。在第 0 秒~第 50 秒这个时间段，白强于黑，在第 50 秒~第 100 秒这个时间段，白弱于黑。因此，从整体看来，黑白力量相等，并无黑白偏好，但是在不同时段，就有一方占优势，另一方占劣势，一方占主导地位，一方占辅助地位，二元此消彼长。

从下图 6 可以看出，0 秒~50 秒的阶段是白色主导，50

秒~100秒的阶段是黑色主导，但是黑白的总面积是相同的。在不同阶段，不同类型的一方占主导地位。因此，在不同阶段，需要顺应历史潮流，提倡流行的一方，建立适用于这个时段的合理化理论。

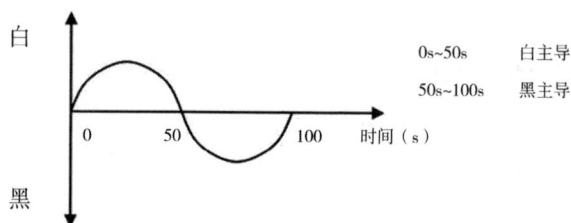

图6 不同时段主导方不同

历史的发展，我们无以评价，因只是世界变化的一种形式。存在即是合理，我们除了合理化之外，没有任何能力左右。过去几千年的历史中，人们崇尚以战止战。但是此一时彼一时，我们如今处在和平年代，战争已经成为过时的解决方式，和平理论才是适用于这个阶段的相对真理。因此，必须顺应这个时代潮流，推行倡导和平的合理化理论。

二、顺应潮流

世界永远处在变化中，美好不会永久，快乐不会永恒。三十年河东，三十年河西。西方繁盛，东方没落，东方繁盛，西方没落。时尚潮流中，一种款式时而流行，时而无人问津。不同的阶段有不同的繁盛之物。某个阶段的流行事物到达顶端，必须改弦更张。在物极必反的原则下，只有变化才能找到新的出路。

所有事物的发生都依托于外界条件，外界条件完全具备后，它就会发生。可是，一切均在变化，当外界条件完全失去，它就走到消亡的时刻，留住它只会造成痛苦。一个人始终走不出旧有的感情，无法开启新生活。可是，即使找回那个人，曾有的感情已是覆水难收，曾有的感觉无法找回。

世界具有特定的发展规律，假定总体有 7 个阶段，从第 1 阶段发展到第 7 阶段，从第 7 阶段再回到第 1 阶段，如此循环。第 0 年~第 500 年，是第 1 阶段，第 500 年~第 1000 年，是第 2 阶段。因此，第 500 年时，必然发生从第 1 阶段到第 2 阶段的转化，第 1 阶段已经成为过去，不能够固守。人们唯有适应这种潮流，无法更改这种趋势。

顺之则吉，逆之则凶，无人能撼动发展规律，关键是顺其自然。水现在是向右流动，如果我们依旧向左流动，就是逆流而行，就会遇到种种阻力，甚至溺水而亡。在知识时代来临时，在全球化浪潮席卷而来时，唯有把握时代脉搏的人可以顺之则吉，而保守主义者只会因为逆潮而品尝到失败感。

物理学中，宇宙扩张，再收缩，再扩张，循环往复。人有高峰有低谷，公司有兴盛和破产，国家有繁盛和衰落，股票有涨跌，植物有开花和凋落，这是自然发展规律。人无论如何都无法逃脱大自然的运行规律。最好的方式就是审时度势，跟随自然规律而行动。

现代社会中，互爱是大势所趋，地球村、全球化已势如破竹，我们站在了新旧交替的门槛上。自私所引发的国与国间的割裂，已经无法适应新时代的要求。历史的大潮已然奔向新的阶段，世界运行有其特定的演变规律，我们无法更改与左右。旧有的生存方式已不适应发展趋势，人类就要适应历史潮流，适应新的合作制度。

第九章

活在当下

现实中，每个人心中都有无数的烦恼。有的人怀念曾经美好的感情，时常把它拿出来回味。有的人沉浸在过去的成功中无法自拔。有的人憧憬着理想的未来。有的人因为未来的事物担忧害怕。我们时常怀念过去，担忧未来，但是过去的已经过去，未来的尚未到来，存在的唯有当下而已。

第一节　当下的比喻

我们总是错过人生本身的可能性，忙碌于空想其他的可能性。就好像是一个人总是在头脑中勾勒想象中的景色而忽略路边真实的风景，就好像是一个人总是躺在海边的椅子上想着大山是多么好却没有享受海边的美景。其实，只有当下存在的事物是最美的。

　　在人的心里，只有一个储物柜，一次只能够储存一个时刻。如果储存了过去破败的回忆，那么当下的所有就无法感受。如果储存了未来虚妄的憧憬和担忧，那么当下的所有都无法感受。因此，人们必须学着清空心的储物柜，放弃曾经的遗憾和未来的幻想，将它完全用于装载当下时刻。

　　我坐着一条小船，漂浮在一条河上，水流起伏不定，这条小船总是顺着水流的方向走着。同理，我们对待生活的选择也应该是这样，去接受每一个当下时刻，去认真体验它。我坐车去旅游，我将时间浪费在愤慨某个人不愿意陪我游玩上，浪费在担忧汽车出事故上，浪费在对下一个景点的憧憬上，却没有仔细观赏旅途的美景，没有集中注意力于现在的景象上。

　　有的人去采访士兵，他走到第一个士兵面前，这个士兵拥有善良诚实的美好品质。但是此时的他却在想象后面一个士兵的样子，他沉浸在自己的思考中，完全忽视了第一位士兵朝他投来的微笑，没有用心去了解士兵的模样。接着，他来到第二个士兵面前，这是一位各项技能优秀的飞行员。但是他却在后悔对第一位士兵的态度不好。于是，恍惚之间，他错过了对第二位士兵的了解。其实，他应该在看到每一位士兵的时候，不去想前面的士兵，不去想后面的士兵，只是精神集中地了解当下这位士兵的故事。

　　当下的每一刻都有其独特的魅力，我们要集中注意力挖掘当下一刻的美丽。例如，有 11 个球，依次投进篮球筐中，现在轮到第 5 个球，投篮的人应该只看第 5 个球，而不去看过去的第 4 个球和未到来的第 6 个球。他要将所有注意力用在观察现在的这个球，不去想上一刻的球，不去想下一刻的球。当上一个球已经过去后，就应该完全忘掉它。当下一个球还未到来时，将全身精力都去挖掘当下投来的球的内涵上。

柜子里放着很多水果，过去的不再新鲜，已经腐烂，我要毅然扔掉，腾空柜子去盛放新鲜水果。我站在苹果树下吃苹果，吃第一个苹果时，我要集中注意力吸吮它的全部精华。在吃第二个苹果时，我要彻底消除第一个苹果的残留，全身心地吸收第二个苹果的营养。我手腕上戴着一串石头，有红橙黄绿蓝靛紫七种颜色，我试图去观察它。在转到某颗石头的时候，我都要仔细观察它的色泽、花纹和构造，将它的全部内容挖掘出来。圆形手链上的石头不存在优劣之分，橙色的并不美于黄色的，绿色的并不美于蓝色的。关键是我的手触摸到某颗石头时，就要仔细地揣摩它，将所有注意力放在它身上，既不考虑过去，也不考虑未来。

第二节 肯定生活的可能性

生活是一部电影，人们要做的是肯定一切可能性。你必须在 A 存在时体验 A，在 B 存在时体验 B。若你在 A 存在时想着

B，A 就会被错过，B 存在时你怀念 A，B 就会被错过。在此种情况下，你感受到的总是存在于自我想象空间的事物，永远体验不到真实状况。

人生中，没有人会希望生活总是一成不变，那是多么无聊。默默无闻的阶段与成功的阶段相比，默默无闻时虽然没有鲜花和掌声，但是日子过得自由。成功后虽然获得了名利，但是却失去了自由。两个阶段各有千秋，没有可比性。一段爱情中，人的热情会由高变低。当此种转变表现出来时，你不该回想过去的热情，而应该懂得现在已经到了热情的低谷，这是个很自然的阶段。所有事物都要经历高峰到谷底的发展趋势，你活在当下的表现就是去探索每个阶段。不管是充满快乐的爱情开始，还是充满折磨的感情变淡，你都要把它们当成生活的多样性去体验。

快乐期是喜剧片，痛苦期是悲剧片，如果长期处于快乐期也会厌倦。于是，即使是人类存有偏见的苦难期也有其特色，值得我们深刻体会。人类会把生命阶段分为好运期和霉运期，分为痛苦期和快乐期，痛苦期和霉运期都是所有人避之不及的。其实，我们应当去深入挖掘每个阶段，每个阶段都深藏着独一无二的宝藏。太多时候，当人类面对痛苦期时总是坐在洞口处抱怨，完全错失了挖掘痛苦期宝藏的机会。

人生每个阶段都有各自的优点，都可以挖掘出美好。例如，我现在为了修改书而努力，必须承受不被人赏识的痛苦，同时抗住未来没有出路的压力。但是，在此阶段，我仍旧能够发掘这一阶段的美好。我可以反省自身，享受为自我理想奋斗的生活。

这个世界因为物种多样性而丰富多彩，社会因为各种独特个性的生命而充满活力。同理，生命因为有多种经历而跌宕起伏，生命中的每个阶段都充满惊喜。于是，我们要在不同阶段体验到电影中的不同角色，体验不同类型的电影。

第三节　人对当下的逃避

人们对于过去反复回忆，是对于过去不满意，试图去更改的表现。过去有遗憾、有后悔，才会回忆，因为想要重新来过。因为试图改变过去，所以无法住在当下。有的人经历刻骨铭心的爱情，两个人全身心地爱着对方，但是他无法提供给对方足够的安全感，最终对方选择和其他人结婚。此时的他才明白对方是多么重要，他开始因为错过这段完美的爱情而自责。他沉浸在懊悔中无法自拔，总把过去美好的回忆拿出来回味。他总是想着如果回到过去改变曾经的抉择，自己依然能够和对方幸福地生活在一起。

人们对过去的回忆还来源于过去的美好，沉浸在过去自己的巅峰中无法自拔。歌手位居事业高峰时观众对自己无比关注，自己的一举一动都占据焦点。但是多年后流行趋势发生改变，他成为过气歌手，动态无人关注，日子变得普通。他时常怀念当初巅峰时期的自己，沉浸在过去成功中很难出离。

同时，过去遭受伤害，不甘心被伤害，人们也会放不下。人总是愿意将过去痛苦的回忆找出来，让它如一把刀割伤自己的心。有的人曾经遭受他人的伤害，她反复回忆曾有的痛苦，执着地抓住过去不放，无法过新的生活。她本可以幸福地生活下去，却完全被怨恨毁掉。

物是人非，时过境迁，一切当时的条件都已经不在，过去的氛围再无重复的可能。过去的经历只是当时因缘聚合发生的一件事情。当那个时刻不再，事物也会随之消失。就像是墨汁暂时的聚合形成一定形状的鱼，但是很快这种聚合就消失掉，另外一条形状的鱼马上形成，刚才那条独一无二的鱼已经消失。事物形成的各种条件就存在于那一瞬间，那个瞬间过后就会消失，过去的行为已然成为风化的标本。人改变了，条件早已不具备，曾经的行为只会像是远古的化石，叙述着曾经发生的故事。

人宁愿活在对过去的想象中，也不愿意面对当下的真实。但是除了当下的鲜活体验外，所有在当下回忆到的过去都像是一滴油，无法融进当下时刻的水中。过去是无法更改的，我们唯一能做的只有接受过去的合理性，却无任何改变的可能。过去的辉煌早已过去，如果总是沉浸在过去的成就中，那么就会感到巨大的落差感，不愿意现在付出努力。过去的伤害给自己带来伤痛，但是如果总是放不开，就会生活在怨恨中，影响自己现在的幸福生活。因此，我们应该放弃此种努力，不应该总是收集过去的回忆，这都是为自己故意制造的烦恼。

除了对于过去的回忆以外，人们还容易生活在对未来的担忧中。我身体某个地方感觉到了疼痛，我去搜索相关症状，结果显示是严重的疾病。我担忧未来的自己躺在病床上，无法正常生活。其实，我只是得了严重的感冒而已。同时，人们还容易生活在对未来的憧憬中。有的人不愿意现在努力，而是推脱自己明天再去努力。虽然现状很差，但是却总活在对未来的想象中。在这幅未来的画卷中，自己获得了成功，拥有了幸福的家庭。但是，这只是空中楼阁，活在空想中的后果是理想与现实的巨大落差，这会使得人现在更难以脚踏实地努力。

其实，未来会怎样，不论你是否去担忧它，它就是那样，你现在的担忧与否不会左右它。我现在做出了怎样的行为，未来就会产生怎样的结果，行为与结果是一体的，我必须鼓起勇气承担。即使是未来出现苦难，未来的我也有勇气去接受，也有能力去承受，也有时间去习惯。即使未来人生境遇发生转折，生活方式发生根本改变，那也是合理的。

未来的事情本该属于未来的我，不属于现在的我担心的范围。未来的事有未来的我去体验，现在的我应该将未来的一切都放心地交给未来的我。未来的我会处置好一切，未来的我会找到对未来发生事情的解决方式。转变发生后，未来的我会慢慢适应，直到习惯。因此，活在当下包含了对未来自我承受能力的信心，也包含了对于世界运行机制的接受。我只待在当下，不去担忧未来，就是对自己未来的信心。

第四节　当下是检验方法

活在当下是检验方法。如果没有活在当下，就会出现怀念过去和幻想未来的现象。我沉浸于过去的成功中无法自拔，就是由于我具有欲望。过去的我周围都是鲜花掌声，拥有金钱和名气，而现在的我日子过得普通。在我的评价标准中，过去和现在不再平等，我就会偏好于过去，就无法活在当下。

因此，活在当下是检测我内心的方法。人们可以经常审视自己能否活在当下，如果无法做到，就要反思产生相应的原因。经由这个思考，人们就可以发现自己的问题。接下来，人们要做的就是克服自身的问题，实现自我的提高。

过去的已然过去，未来的尚未到来，存在的唯有当下而已。人生如同一次旅行，路的两边有各种各样的美景，但是我们的想法被过去和未来挤满，所以无暇去观赏，从而错失了很多美景。人生中存在各种美好，我们被自找的烦恼占据着，却唯独忘记观赏现在的美好。

　　人们喜欢回想过去，畅想未来，单单逃避欣赏当下。人们应该活在当下，不能把过去和未来当成逃避现在的借口。过去已然成为定局，未来自有未来的安排，现在就应该享受现在的时光。

第十章

思想杂选

第一节　智慧与博学

　　智慧与博学是两码事，智慧是浓缩的，可用来解释一切现象，具有一般性。它是一个纯粹的形式，就像是从巨大矿山上提取出的微量金子，就像是从众多矿石中锤炼成的镭元素。将这种纯粹的形式进行变换，就会扩展出各种具体现象，发散出多样性的世界。

　　智慧具有普适性，精炼简单却可以解释所有现象。具体现象都是从纯粹抽象形式中衍生出来的。例如，英文有 26 个基本字母，一切句子都来源于 26 个字母。例如，万物都会经历产生——发展——繁荣——衰落——灭亡的过程，这个规律适用于人的一生，适用于公司的运行，适用于国家王朝运行，也适用于宇宙的运行。

世界虽然包罗万象，但是各种现象却有着共同点，具有相似的规律，这种规律就是智慧。智慧的人就是拨开纷乱复杂的表层现象的枝叶，找到枝叶共同的根部源头。智慧只来源于思考，是经由生活体验萃取的精华。它与灵感相连，无法通过逻辑思考获得。

博学则是一种不同的光景，它着重于具体现象，而具体现象是被创造物。智慧是活的，它富于流动性，具有创造自由，但是博学是死的，因被创造物是固定的。智慧的人像是一个作画者，发挥自身创造力，创造出具备个人特色的作品。博学的人像是一个品位不俗的收藏画作的人，收藏了无数名家的画，但只是欣赏他人创造出的完成品，自己没有任何绘画创作上的提高。经由记忆、理解、分析可以博学，但是却不会智慧。我们得以达到博学的方式都无法产生智慧。

因此，智慧的人不会为了获取知识去读书，或者是为了向他人炫耀自己的博学多闻而读书。智慧的人读历史书籍不会去记忆人物、日期、地点、事件等，而是会大致浏览，从宏观视角上把握人的本性，总结出历史的演进规律。如果一个人能够畅谈历史，那么只能说明他的知识储备很大，记忆力很强，却不一定代表他能够针对历史提出自我的独立思考。

智慧是从纷繁复杂的现象中挖掘，看透深藏的关联，去繁留简。当然这个过程需要忽略具体细节上的差异。例如，现实中复杂的经济金融活动，包括银行贷款、股票债券、房地产业等，归根结底都是货币活动，而货币产生的根源是人类的自私。总体而看，从世间万象中，提取出共通的东西，将复杂的东西简单化，才是智慧。

第二节　此消彼长

无限时间中，我们不输不赢，谁也不会超过谁，大家平等，只是在不同阶段此消彼长。此时是我得势，彼时是你得势，此时是你欺负我，彼时是我欺负你，此时是你得意我忍耐，彼时是我得意你忍耐，此时你高峰我低谷，彼时换我高峰你低谷。总体上，我和你总体是相等的。

福祸是相互转化的。有的人虽然享受福气，但是却变得骄傲自大，转化为未来的祸患。唐玄宗在长安纵情享乐的时候，恐怕没有想到自己日后会在崇山峻岭中狼狈逃命。① 生活中充满了灾难，却可能孕育着好的行为。有的人虽然现在尝尽苦难，但是却痛定思痛，弥补曾有的错误，转化为未来的幸福。三十年河东，三十年河西，东西方的交替繁荣同样如此。

万事万物都是平等的，人是平等的，国家也是平等的。现在的贫穷自有未来的富裕来补偿，现在的富裕自有未来的贫穷

---

① 李伯钦，李肇翔. 中国通史：隋唐卷［M］. 沈阳：万卷出版社，2009：139.

来抵消。现在的痛苦自有未来的快乐来补偿，现在的快乐自有未来的痛苦来抵消。因此，现在得势的人有什么可以炫耀的呢？谁会比谁多，谁会比谁少呢？因此，我们不能评论说谁好谁坏。总体时间中，谁也不会超过谁，只是在局部阶段会出现此消彼长，出现高低之分。

上一阶段的低谷造就下一阶段的繁盛。当痛苦到达峰顶，当低潮达到谷底，这条路就走到了尽头，高峰开始出现。正所谓否极泰来，逆境是低谷，人们可以反思，积蓄能量，从而造就未来的高峰。上一阶段的繁盛造就下一阶段的低谷。例如，一个上学期间很优秀的人很难摆脱固有的习惯，尤其是这种习惯为他带来了成功。因此，他参加工作后，会继续坚持这种习惯，但是上学时期的生活状态却可能不适合社会。这个学习优秀的人在社会上沿袭了学习的老路，没有及时从旧习惯中脱离出来，没有及时将就习惯调整为新习惯，于是在社会工作这个阶段的发展可能落后于其他人。

当一个人在一个阶段很成功，就意味着他很难从这种成功带来的喜悦中摆脱出来。于是，他走进下一个阶段必然很慢。旧势力发展得好，新势力必然要经历一段和旧势力辛苦斗争的过程。于是，上个阶段的成功意味着下一个阶段的落后。当旧思想非常盛行时，想要普及新思想就是个困难的过程。首先要废除旧思想不好的东西，铲除田里扎根很深的旧作物，再去种植新作物。旧的作物扎根越深，旧事物越辉煌，发展得越极致，就意味着铲除旧作物所耗费的精力越大，新作物被移植的时刻就越要往后推迟。但是，如果是一块旧作物长得很少的地，那么就直接种上新作物即可，几乎没有任何阻碍，花费的时间也很短。

一个人在一个领域有很深的造诣，就意味着很难出离。有两个人，一个是做了50年木工活的老木匠，一个是只有3年学习经历的新学徒。时代改变，木匠不再被需要，两个人需要找到新工作。老木匠对木工活非常熟练，同时有极深的感情，很难适应新工作，转变困难。而新学徒对木工浅尝辄止，被木工活影响程度很小，很容易就开启了新工作。因此，前一阶段的辉煌造就了下一阶段的低谷，前一阶段的低谷造就了下一阶段的辉煌。

第三节　发挥自我天赋

这个世界上，每个人都有属于自己独一无二的位置，除了自己，其他人都无法胜任。对于社会而言，每个人都是必不可少的，都是同样重要的，都是平等的。每个人只要找到自己想要的生活即可，没有必要比较。每个人都具有自己的思维逻辑，人无法用自己的思维去猜想别人是如何思考的。一位衣衫褴褛的哲学家躺在木桶里晒太阳，普通人无法理解他的行为，但是哲学家却可以从中获取乐趣。正因为每个人是不同的，因此就没有一个固定的标准能够把所有人判定出优劣。

这个世界上充满了各种各样的人，每个人的特色不同，每个人的风格不同，每个人的爱好不同，每个人走的道路不同。于是，在音乐领域，有的人擅长摇滚，有的人擅长蓝调，有的人擅长民谣，有的人擅长抒情。不同风格的音乐人无法放在一起去比较。

工作上也是同样的道理。每个人追求的东西不同，擅长的事物也是不同。有的人拥有很高的学历，走上学术研究的路。有的人很爱拼搏，在大城市里找到银行的工作。有的人喜欢安逸的生活，在小城市里获得一份闲差，生活平淡安稳。有的人放弃稳定的工作，毅然追逐自己的音乐梦。因此，人与人间无可比性，没有统一的标准去判断。

每个人都有自己的活法，如此造就世界的丰富多彩，为什么要和别人去挤那座独木桥？聪明的人与愚笨的人，谁能说一定是聪明人生活得更好。人一旦去追求不属于自己的东西，就会把生活变得面目全非，不如心平气和地接受它不属于自己的事实，踏踏实实地走着属于自己的路。

所谓属于自己的路必然是发挥自我天赋的路，关键一点就在于找到自己擅长的事情，找到自己喜欢的事物。每个人擅长的事情不一样。有的人在学校的时候默默无闻，但是在社会上很快打拼出属于自己的天地。有的人对物理学感兴趣，喜欢研究未知，因此选择在大学里当一名研究工作者。有的人天生爱跳舞，因此考取舞蹈学院，成了一名舞蹈演员。有的人天生爱与人打交道，擅长处理各种人际关系，因此成为一名销售员。有的人喜欢制作饭菜，长大后就成为一位厨师。正所谓行行出状元，每个人的独特造就了丰富多彩的世界。

一、工作的驱动因素

每个人的天赋对于世界的运行都是必不可少的。因此，各种工作没有优劣之分。每个人都有自己的长处和短处，关键是找到属于自己的天赋所在，做自己擅长的事情，最快乐同时最轻松。但是，人们选择工作的驱动因素却可能发生扭曲，物质评价标准可能导致人们以赚钱多少作为自己选择职业的标准，而不去考虑自己热爱什么和擅长什么。

例如，运动会的三个项目分别是：田径、铅球、跳高，假如有甲乙丙三个人参加。对于甲来说，他应该参加田径，对于乙来说，他应该参加铅球，对于丙来说，他应该参加跳高，这些都是他们各自最擅长的领域。人们彼此在自己最擅长的岗位上自由地做着属于自我天赋的事情，没有任何扭曲，没有竞争。这是一种高效的社会形式，自动达到社会的最优配置。

但是现在的问题是，大家都不是根据自己适合的东西来选择项目，而是选择奖金最多的项目，于是甲乙丙都选择了田径比赛。对于甲来说，没有太多影响，但是甲的压力增加，他感觉到不自由，无法在自己擅长的项目上尽情发挥。此前他是为了跑田径比赛而跑，现在是为了得到奖金而跑，这两种驱动因素带来的效果是不同的。虽然奖金可以作为一种动力，但是它带给甲的是功利心态。于是，甲可能因为压力大而表现差，可能因为对于奖金的渴望而发挥失常，这都是不自然的。

对于乙来说，他会感觉很痛苦。如果他选择田径比赛，可以获得亚军，得到平庸的薪水，这个薪水比铅球的奖金多。但是他自己其实不喜爱这项运动，没有任何激情，自己无论如何刻苦训练也无法达到最优秀。如果他选择铅球，可以做自己擅长的事情，从事自己喜爱的职业，可以收获精神上的快乐，可是铅球的奖金很低，无法能够满足生活所需。于是，乙在犹豫不决中选择了田径比赛。但是，他在内心中始终对铅球保持一种热爱，他多么希望自己能够把生命用于自己喜欢的事物上。

因此，如果把物质作为选择职业的标准会导致扭曲，导致人力资源的不合理使用，导致很多人从事不适合自己的职业，导致很多人从事自己不喜欢的工作，导致人们的天赋无法最大程度地发挥。

世界上的专业无所谓冷热，世界上的路无所谓优劣，关键是发现自己看重的是什么，自己希望有怎样的人生。如若因为钱权名利做出选择，虽然会带来暂时的物质满足感，但是内心深处始终会抗拒。因此，人们一定要遵从自己内心的指引。不管别人看重的东西，也不管众人喜爱的东西，只是对自己定位，找到自己的兴趣点。同时，需要对自己的人生坐标有一个精准的认知，既不去高估也不低估。一旦找到自己真正适合的东西，那么就会变得无比坚定，不论四面八方的冲击如何大，都无法改变心中的信念。

二、兴趣和天赋

人们需要按照自己的兴趣选择工作，找到那个能够发挥自己天赋的位置。当你做符合自己天性的事情时，你会感觉充实的喜悦感。对于作家而言，写作的冲动是那么地炽烈，必须时时刻刻读书思考，他深刻地感受到写作是自己的使命。但是，当你做违背自己天性的事情时，就会很容易感觉到空虚感。当你做自己喜欢的事情时，即使山崩地裂也不会在乎，也要继续做下去。但是，当你为了物质目的做自己不感兴趣的事情时，就无法废寝忘食，也无法集中注意力，无法达到忘我的境界。

人们一定要从事适合自己的事情，否则只会落进痛苦的境地。你会发现，无论你如何默默耕耘，无论你费了多大力气，也达不到一种艺术感，自己织成的那件衣服总是不完美，充满了各种破洞，挂满了多余的丝线。但是，具有此种天赋的人动动手指，就能够织出美丽的衣裳，各部分如此协调。我不擅长写论文，需要花费两年的时间才能够写出一篇论文，不论我多么努力，这篇论文最终只能发表在普通期刊上。从事这个领域，我很难达到成功。但是，另外一个人在学术研究上具有天赋，他用一周的时间就可以写出发表在高水平期刊上的文章。双方的差距是如此明显，擅长者不需要付出很多努力，就可以做成不擅长者需要付出很多努力方能够完成的事情。因此，人一定要从事自己擅长的领域。

同时，人类所从事的任何工作，其水平的高低完全取决于其对这份工作的热爱程度。这种热爱就像是恋爱的感受，你视它为珍宝，不允许它受到一丝的污染。你的热爱为这份工作注进生命力。工作虽然属于抽象层面，但是它和其他生命体一样也需要爱。如果人们对自己从事的工作没有任何兴趣，只是不得不去做，那么他的工作成果就会毫无生气。

当人类从事的工作不是由兴趣驱动的时候，创造力就会成为埋在地下的宝藏，无法挖掘出来。因此，社会中的很多东西都是平庸的。当人们不是因为热爱而做这份工作，当人们只是将工作当成是谋生手段时，创造力就不会引进到这个世界，不可言表的生机昂然就无从表现。因此，作品均散发着平庸感，无任何激情可言。

因此，人们需要从事自己擅长的领域，在自己身上找出别人无法替代的特质，走和别人不同的道路，发挥自己的天赋，做自己喜欢的事情。

第四节　新旧交替的困难

人有惯性，喜欢安于现状，不喜欢改变，于是就会有新旧过渡阶段的不适应感。但是暂时的不适应却不会阻碍事物的发展，人们只是需要慢慢地经历一段调整期后，就会开始新的阶段。即使上一段爱情的失败多么痛苦，多么舍不得，经过了足够长的时间调整，也会重新爱上新的人，也会愉快地进入新的恋情。

在人生出现转折的时候，人会痛苦，只是由于他无法接受突如其来的转变，只是从旧生活方式过渡到新生活方式产生了不适应感。最初的这个转折点最让人无法接受。人类倾向于固守传统所带来的安全感，但是在大环境逼迫下，不得不学着改变。

所有的痛苦都是因为习惯的打破和旧事物的消亡，而这种痛苦在新旧交替的转折点上表现得尤为激烈。因为在两者交汇的点上，冲突最为激烈，起伏最大，于是，人们的不适应感也最为强烈。如同你一直乘着小车沿直路快速行动，小车突然一拐，就会对你产生强烈的心理冲击，如同乘坐激烈起伏的过山车非常考验人的心理素质。

在新旧锁链相接的转折点上，人的心理落差最大。但是慢慢地归于平缓，人就会慢慢地调整适应，很快习惯新生活。所以，不是失败可怕，而是在从高峰到低谷这个转折点最可怕。但是，熬过了这个过渡阶段，人就从旧生活中完全脱离出去，舍弃了旧生活，完全进入到新的生活状态中。当我们过了转折点后，就会慢慢地接受新的生活方式，开始享受这种生活方式，不再去怀念旧有的生活方式。

当代世界处在一个很重要的转折点。人类的物质生活不断提高，但是人类的精神层次未到达质的飞跃点。世界面临转变时，人们必须清楚时代需要的是什么，去寻找自己需要做出怎样的改变，按照这个需求来改变自己。

第五节　自然的平衡机制

生态系统中，细菌、土壤、青草、绵羊、狼群、老虎，没有高下之分，只有联系，相互依存。它们因组成完美系统而合理，因对生态系统和谐运行必不可少而地位平等。任何一个物种都不能过多，否则就会影响整个生态系统的平衡。如同人性的黑暗面和光明面需要达到平衡。如同肠道菌群分为有益菌和有害菌，任何一种菌群都不能独大。如同孔子阐释的中庸思想，任何东西偏向极端都是不好的。

平衡机制从空间角度上来看是，曾经我向你付出，现在我向你索取，曾经我高峰你低谷，现在你得志我落魄。平衡机制从时间角度上来看是，前期好后期差，或者前期差后期好。所谓的好与坏只是自然平衡机制的表现形式。两个人 A 和 B，前期 A 向 B 付出，后期 B 向 A 付出。如果只截取其中一个片段来看，必然会觉得一方自私，一方牺牲。但是从全部的时间来看，两者是平衡的。平衡机制在一个人身上的表现是：当你某个方面很好的时候，在另外的方面可能就会很差。如果人们追求的目标是长久的东西，那么采取的措施就是将多余的钱权名利用于利益他人，把更多的时间花费在维护身体健康上。

第二篇　践行篇

第一章

爱是答案

这个世界上，什么是真善美？真善美的化身就是爱。爱就像温暖的阳光一样，会驱散内心的阴霾，让内心的灰尘一扫而光。所有阴暗的、发霉的、腐朽的东西暴露在爱的阳光下都会变成美丽的模样，即使是多么邪恶的事物都会自然而然地败下阵来。

从始至终，武力都是无法彻底解决问题的。武力只是让人们慑服，但是却无法让人们信服。人与人间存在仇恨，报复他人虽然暂时会成功，但是却没有解决实质问题，只会让彼此间的恩怨情仇加深。

在这个世界上，唯有爱能够化解一切，唯有爱能够带来永久的幸福，唯有爱能够永远。爱可以融化任何冰霜，爱可以将温热的暖流引到每个人的心中，将彼此紧绷的脸变为微笑。所有的人都祈求爱，所有的仇恨在爱中都可以化解。爱是一种能量，能够保证我们的日常生活运行。它是春天里的阳光，温暖每个人的心灵，照耀每个人的人生。我们需要爱他人，同时获取他人的爱。只有活在爱中，方能够有力量继续生活。爱是人类生存的意义，它能唤起的是心灵真正的快乐，人一旦丧失爱的信念，心灵就会荒漠化，就走上了扭曲的道路。

在这个世界上，唯有爱是真理。爱的光芒可以融化人与人间的冷漠，爱的能量能够消融人世间的黑暗冰冷。时间走过，风沙飞扬，物是人非，留下的只有爱，唯有爱永恒。

第一节　爱的重要性

你有没有这种感觉，即使你拥有了钱权名利，但是没有爱，依然会觉得两手空空，觉得自己的心是空洞的。你在万家灯火的夜晚，守在空荡荡的房间，觉得冷清极了，你依然会羡慕幸福的家庭，依然希望自己会是那暖色调灯光下的家庭中的一员。这就是爱的魔力，宇宙的本质是爱。我们每个人都在渴求爱与被爱。一位爸爸对自己的儿子说，在我们家中，有两个太阳和一个向日葵。儿子就问爸爸，谁是向日葵，谁是太阳。爸爸说，你和妈妈是太阳，爸爸就是向日葵，你说没有太阳，向日葵怎么活下去？这个世界里，家就是温暖的港湾。它是心灵的归宿，是让心柔软的地方，是人们能够做自己的领地。对于普通人而言，拥有一个温暖的家就是最幸福的。

　　我们走在大街上，拦住一个人问他为了什么而奋斗，他会回答是为了爱的人。我们为了爱的人付出，就收获了幸福，感受到了生存的动力，发现了自我的用途。自己做的事情有益于他人，这样的活着才是有意义的。一个人如果没有任何人爱他，他就失去了生存的证据。一个人如果不爱他人，他就失去了生存的理由。每个人都会走到盖棺论定的一天，都会慢慢变成一具骸骨，但是时光中唯一不变的是爱的伟大，唯一永恒的是那些奋不顾身、忘却自我的爱。人要活在爱中而不是理性的冰冷计算中。

　　在爱面前，我们本质上是一样的，穷富没有任何区别。有的人虽然坐在布满高档家具的房间里，却无法在家具中找到安全感，只感觉到深深的落寞。有的人害怕爱，将自己包裹起来，逃避爱情，逃避亲情，逃避友情，不敢去承认对爱的渴求。但是，物质、权力不会给人心灵的抚慰。即使拥有了它们，没有爱，在夜晚仍旧会感觉到空虚，内心没有一个停靠的港湾。人类的很多恶劣行为都是爱缺失时做出的极端反应，钱权名利无法营造安详的幸福感，只有亲情、友情、爱情是永久的东西。

　　人类不顾一切地想要更多，但是却从来没有想过自己真正需要的很少，就是爱。我们是普通人，过着普通的生活，即使物质生活简单，但是只要收获了亲情、爱情、友情，就是无遗憾的一生。

91

第二节　爱的层次

爱具有不同的层次，是由自爱、小爱到大爱递增的。自爱是爱自己，小爱是爱世界上的部分人，如父母、兄弟姐妹、爱人、子女、朋友，大爱就是爱世界上所有的人，为整个人类的幸福贡献自己的力量。

每个人都需要自爱，先自爱再爱人。不懂得爱自己的人，也不会懂得爱别人。我要爱自己，自己变得很强大，再去爱他人，方能够给他人带来正能量。我有足够的财富，就有多余的钱去照顾他人。我健康乐观，就有能力为他人带去美好。我有足够的知识，就能够向他人分享。但是如果我自己无能力，即使去爱人，给对方带来的也是负面能量。因此，爱是有积累后的流淌。

每个人首先需要为自己负责，方能够为他人负责。很多时候，讨好不是真正的爱，而是带有目的性。如果连自己都不爱，那么对别人的爱肯定就掺杂着其他因素。例如，对自我不相信，依靠讨好他人来维持关系，对他人提出的要求总是无条件答应，不一定是内心真正的善良，而可能是一种自我保护的伪装。自己没有实力，无法获得他人的重视，于是经由表面的友善来提供价值，其实是一种弱小的表现。

92

对于很多普通人而言，能力都是有限的，爱自己就是爱他人。把自己照顾得很好，不给他人添麻烦，已经是对社会最大的贡献。只要我们向内寻找，就会发现身体甚至比我们更爱自己，想到身体内有数以万亿的细胞爱自己，我们就要学会真正地爱自我。①

爱既包括自爱，也包括爱他人。小爱是善待父母、兄弟姐妹、伴侣、子女、亲戚、朋友、老师、同学、领导、同事等。日常生活中，孝敬父母、善待兄弟姐妹、尊敬老师、尊重领导。日常生活中，关心自己的伴侣，伴侣生病时给予照顾。日常生活中，努力工作给子女提供良好的物质保障。日常生活中，热心帮助亲戚、朋友、同事和同学。

大爱是将爱的范围扩展到全人类，爱世间每个人。为了资助学生骑车拉人赚钱的白方礼老人、"膝下无儿女，桃李遍天下"的张桂梅老师、在战争中浴血奋战的英雄们、在地震中捐钱捐物的人、致力于造福他人的科学家、始终坚守在岗位一线的医学工作者，都是大爱的人们。

大爱的人们生存目标更宏观，为了整个社会的幸福，他们耗费了自己的生命能量。作家鲁迅本来是想要学医救治病人，但是后来他发现，医治人的思想比救治身体更为迫切，因此他选择弃医从文，期望通过自己的文字改变人的精神。战争期间

---

① 比尔·布莱森. 人体简史［M］. 闾佳，译. 上海：文汇出版社，2020：44.

为了国家愿意牺牲自己生命的人都是伟大的。大爱的人们所做的一切都是无条件的，只要他人过得更好，就已经心满意足。帮助他人时，不为回报，不为纪念。大爱的人拥有一颗如同棉花糖般柔软的心。大爱的人慈悲，他们把幸福奉献给他人，把痛苦留给自己。

爱的水平需要符合自我的内心。对于伟大的人而言，牺牲自我去利益大众就是心甘情愿的，是他的价值所在，并没有任何功利目的。但是，任何违背内心的付出都不是自然的爱。如果爱他人的时候感觉到付出感，自己很委屈，充满了怨恨，就说明已经超出自我的承受能力，需要及时调整，遵循自我的内心来爱他人。此时不如承认自我人性中的自私成分，去做真实的自我。

爱的课程是非常复杂的。看似喜欢帮助他人的好人可能对自己的家人很苛刻，对于孩子无条件的宠爱骄纵可能会毁掉他，对于他人无条件的付出可能换来对方的自私冷漠。相反，向他人索取也可能是一种爱，别人向我付出，我接受这个付出，其实也是爱对方的表现。给予对方付出的机会，使得对方意识到责任的重要，反而可能带给对方更大的成长。

爱他人与自我的能力相关，需要与自我能力符合。如果只有能力照顾自己，那么就爱自己。当能力提高到一定程度，就可以去爱父母、爱伴侣、爱朋友、养育子女。如果能力再大，就可以用自我的美好去影响世界。如同马斯洛的需求层次理

94

论，每个人都是从低层次需求到高层次的需求，只有低层次的需求得到满足，方能够有高层次的需求。同理，人类爱他人的水平也是随着自身能力提高而不断增长的。

第三节　爱的含义

爱有多重含义，怜悯、同理、平等、感恩、分享、勇敢、牺牲、谦卑。爱是怜悯，这是一种自发的本能，看到受伤的小孩子，会想要去呵护它，看到蹒跚的老人，会想要去搀扶她，无须任何思考。爱是同理，明白他人与自我是一体的。爱是站在对方角度思考，去理解对方的苦痛。在理解中，我即是他，他即是我，他的感受就是我的感受。看到别人的悲伤，就会觉得真真切切地发生在自己身上。

没有爱，人与人间是互相隔离的独立体。人活在自我世界里，不去管他人，不理解他人，不去考虑他人的感受。伤害他人时，不会站在他人的角度考虑对方所承受的痛苦。但是有了爱，做出行动前就会思考自我行为对他人产生的负面影响。爱就是意识到自我与他人是不可分割的，像对待自我身体一样对待他人。

爱具有平等性。在爱中，人与人没有学历、金钱、权力、名气等的差别。所有人都是一样的，农民、工人、富翁、学者无高低的分别。虽然世俗标准能够将人区分开，但是对于付出爱和收获爱，所有人都大同小异。在家庭中，父亲和母亲的角色跟工作成就没有关系。不管是否有显赫的成就，付出爱都是不分阶层的。人生评价的标准不是获取的钱权名利，而是增长的智慧和向他人付出的爱。拨开障碍视觉的迷雾，看到的是一个人的本质内核，即是否孝敬父母，是否与爱人和谐相处，是否抚育子女，是否照顾兄弟姐妹，是否帮助亲朋好友等。

爱是感恩，对自己拥有的东西怀有感激。日常生活中，人们喜欢对周围环境抱怨，将眼光放在自己没有的东西上，却未花时间思考自己拥有什么。其实，如果以感恩的心来对待世界，那么就会发现身边的很多美好。与他人交往中，如果经常看到他人善良的一面，寻找人性的闪光点，就能避免对他人产生坏的情绪。与他人出现冲突时，如果想想这个人曾经对自己做的好事，屏蔽他对自己做的坏事，不满就会慢慢消失。生活出现挫折，尽力在苦难中找寻快乐的地方，对磨砺心怀感恩，就会有更大的成长。因此，如果我们在生活中心怀感恩，就能挖掘出美好的东西，就能降低负面情绪，变得更加快乐。

爱是分享。日常生活中，我们经常面临这样的选择，对于财产、信息和才能这样私人的东西，我是否愿意分享给他人？对于财产，我是否愿意将其分给他人。我是个富有的人，我是否愿意将钱用于慈善事业。对于信息，我是否愿意将其分享给他人。我是个成功人士，我是否愿意将经验分享给正在奋斗的人。对于才能，我是否愿意将其分享给他人。我写了本书，我是否愿意将其分享给困惑的人们，使得人们生活得更幸福。我研制了新药，我是否愿意公开药方，减轻他人的疾病痛苦。

这些问题出现在生活的方方面面，很多人因为私心选择不予分享。人们尽力地将财产、信息和才能捂住，生怕被他人抢走。可是这种行为就像是将东西放在封闭的橱子里，直到它不断发霉，最终腐烂掉。生态系统的重要准则是流动式的循环，在流动中，能量可以互相转移，只有如此，才能保持永久的活力，而死水只会发出腐败的气息。因此，人们将财产、信息和才能封闭给自己，只会让它慢慢地变坏。就如同一个人做学术研究，总是不愿将自我想法与他人交流，那么他人同样不会与其分享，这样就会缺少思想碰撞的可能，缺少因唇枪舌剑的争论所激发出的火花，这个人的思维只会越来越狭隘。分享会得到来自外界的新鲜血液，而封闭只会让自己僵化。

一个人就如同一个小岛，分享就是与外界的良性交流，将自己从孤岛的狭隘范围中拯救出来，与外界的其他小岛相连，共同组成一片广阔的大陆。于是，自私地不予分享就是将自己陷在一个孤岛上，没有提高的可能。因此，人们觉得不予分享是利于自己，殊不知其实是害了自己，分享才会给自己带来更大的收益。唯有分享才会让自己处在更广阔的世界中，让自己变得更好。人与人的交往也是如此，你自己将心敞开，将心事告诉他人，你的心事在更广大的人群中会显得渺小，你会更容易从心事的折磨中走出来。但是如果你选择将心事埋在自己的心底，不与人交流，那么你就会将心事放大化，你也就很难从心的牢笼中走出。

在大自然中，分享无处不在。一棵小草开出美丽的小花，小花美丽了这个世界，花香为世界带来了芬芳。人们去看花朵的美丽和闻花朵的味道，都是不需要付钱的。人们在地球上生活，地球向人们提供生存所必需的空气和水，却从未向人类索取过什么。分享是大自然的运行准则。分享能够带给人单纯的快乐。我去帮助他人，这种行为会给我带来无法描述的快乐。因此，分享益于他人，也利于自己。

爱是勇敢，一个人如若有爱的支撑，就会变得勇敢。日常生活中，一个女孩会很胆小，害怕黑暗，不敢自己待在家里。但是，当她变成了母亲，拥有了自己的孩子后，她就会变成超人，不会畏惧任何危险地保护自己的孩子。因为爱他人，所以能够勇敢地克服各种阻碍，能够创造奇迹。人活在爱中，没有害怕，只有当下的瞬间。相爱的人只要相互拥抱着对方，即使是面临死亡也毫无恐惧。同样，在家庭聚会幸福的氛围中，人们会忘记时间，忘记空间，时间就静止在那一刻。

爱是牺牲，会让人变得强大。为了全人类的幸福而行动，人就具有强大的动力，就会有牺牲自我的想法。这是因为全世界人民的幸福和自我的个人情绪相比，就像是大海与水滴的关系，后者变得无足轻重。人的视角会变得宏观，从狭隘的小我提高到广阔的大我。战争中，士兵们无所畏惧地冲向战场，和敌方士兵厮杀，牺牲自己的生命来换取胜利，只是为了整个国家的幸福。同时，爱是谦卑。南丁格尔将一生的时间都致力于照顾病人，从未有过任何高傲，活在爱中的人不会趾高气扬。

因此，爱会延伸出许多美好的品质，人活在爱中会变得更加完美，行动染上一层高尚的色彩，更容易创造奇迹。

第四节　智慧与爱同行

爱与智慧就像是感性与理性，是互补的两方。对于感性的爱，如爱情，如亲情，是无法用理性去理解的，是无法用逻辑思考的，只能去感受。

智慧需要以爱为基础，唯有将爱灌注到智慧里，才能够出现活力。我只寻求智慧的增长，就像是武侠小说里想要练得绝世神功的武痴一样，虽然有绝佳的能力，却是个具有巨大数据处理能力的机器人，充满冷血的味道。纵然是极具智慧，又有什么快乐可言呢。一个人在智慧增长的过程中，如果因此失去了爱，就会像是失去了水的鱼儿，无法呼吸。

唯有在爱存在的情况下，增长智慧才是有意义的。一个人爱自己的家人，想要让他们过更好的生活，因此，他会努力工作。可是如果自己的家人不在，工作上的成绩就变得没有那么重要。例如，一个有名的画家在树林里写生，妻子去树林里欣赏风景，他会喊自己妻子的名字从而确保她在。突然，他喊了好多声，妻子都没有答应。于是他疯了一般跑向树林，寻找他的妻子，在那一刻，他只想要他的妻子，艺术都变得不重要。

人可以分为四类，有德有才，有德无才，无才无德，有才无德。一个人善良，就如同一块上好的石头，可以选作加工成美玉的材料。德为本，才能是枝叶，人应该做的是先巩固好根本，再去发展枝叶。而教育应该以德行教育为本，当一个人的德行具备时，再去增长智慧。有德无智慧，就如同一片其乐融融的安详村庄，充满田园风光，极为温馨。无德而有智慧，只会沦为无情的冷酷杀手，让人不寒而栗。

人类如果只注重发展智慧，却忘记了爱，世界就会如同机器一般无温情，散发着金属的冷酷光泽。从始至终，智慧都是为爱而服务的，爱是智慧的基础。没有爱，智慧将被用在错误的道路上。当代社会发展到如今，智慧萌芽，人类发展出了高科技。但是到底以爱为基础还是以不爱为基础，结果会造成很大的不同。前者会让人们获得幸福，后者却会给人们带来毁灭。就像是两个人开发核能，前者用于发电，造福人类，后者却把它用于战争。基础的不同带来的后果就会不同。如若人类不懂得爱的含义，不以爱作为出发点来使用智慧，那么未来世界会走向混乱。因此，只有在爱的基础上发展智慧，方能给世界带来和平的发展格局。

第二章

明　心

生活中，每个人都有无数的心理活动，有积极的，有消极的。我们要做的就是努力培养正面心理，降低负面心理。只有慢慢改变自己的内心，才能变成更完美的人。

第一节　不同类型的心理

人的心理活动很多，有的是正面积极的心理，有的是负面消极的心理。正面的心理包括爱心、慈悲心、感恩心、乐观心、宽容心、坚强心、自信心、慷慨心、平和心、勇敢心。负面的心理包括贪婪心、攀比心、嫉妒心、怨恨心、悲观心、自卑心、嘲讽心、自私心、虚荣心、自傲心、狭隘心、脆弱心、忧虑心、抱怨心。积极正面的心理就如同阳光，消极负面的心理就如同阴暗。积极的心理使得人们获取财富、幸福和健康，消极的心态使得人悲观，生活充满波折。

一、正面心理

有的人具有爱心，懂得善待他人，向他人给予关爱。日常生活中，孝顺父母，关心伴侣，悉心照顾子女，在亲朋好友出现困难时给予帮忙。有的人用慈悲心来对待他人。看到他人用钱时借给对方，看到老人摔倒给予搀扶。看到他人遭遇挫折，看到他人遭遇痛苦，会向对方表达关怀。看到他人受苦，就像自己在经历同样的事情，能够理解对方的感受。

有的人具有感恩的心，对自己拥有的东西充满感激。感恩父母将自己养育成人，给自己提供良好的教育。感恩遇到现在的伴侣，相互扶持。感恩子女使自己变得更加强大。感恩老师将知识教给自己，感恩朋友在自己困难时给予的帮助，感恩领导对自己的提拔，感恩他人的工作为自己的生活提供了方便。由于常常对周围人怀有感恩的心，因此总能看到他人的优点，总想着善待他人。

有的人具有乐观的心态，凡事从好的一面去考虑，遇到困难依然能够保持快乐的心情。乐观的人面对考试会庆幸自己依然有时间准备，足够让自己努力学习。乐观的人遇到车祸把腿摔伤，会庆幸自己能够幸运逃生。乐观的人家中被盗，会庆幸小偷只偷了部分东西而不是全部，同时感恩小偷没有伤害他的生命。乐观的人面对疾病和死亡，依然能够在苦涩的生活中找寻乐趣。乐观的心源于智慧，明白自己拥有的东西很多，懂得存在更难的事物，能够看到事物背后的福祸相依。

有的人具备宽容心，别人做出伤害自己的事情后能够原谅对方。生活中，我们会遇到他人做出的伤害行为。心胸宽广的人面对他人的伤害不会去记恨，而是去宽容对方。宽容的关键是明白每个人都存在缺点，不能拿完美的标准去要求他人。同时，宽容是懂得事物发生不是无缘无故的，都是有原因的。宽容是对自我的解脱，是有利于自我的行为。如果总是生活在对他人的怨恨中，负面情绪就会伤害到自我的健康。

有的人在面对挫折的时候具有坚强的心。人生旅途中，人们总是会遇到各种类型的苦难，强大的内心是迈过坎坷必备的素质。有的人患有重大疾病，选择坚强面对。有的人遭遇亲人离世，选择独自直面人生。有的人婚姻破裂，选择接受，走出阴影。有的人工作失败，重新找工作，慢慢积累财富。作家尼古拉·奥斯特洛夫斯基（Nikolai Ostrovsky）双目失明，全身瘫痪，但是他强忍着病痛，写成了小说《钢铁是怎样炼成的》。①人生不可能永远一帆风顺，总是充满各种崎岖，坚强的心是保证人们迈过苦难的关键。

有的人具有自信心。自信来源于实力的强大，对自我能力足够笃定。歌手在舞台上表演节目，感染台下的观众。自信源

---

① 奥斯特洛夫斯基. 钢铁是怎样炼成的［M］. 周露，译. 杭州：浙江工商大学出版社，2017：12.

于对自我的肯定。虽然自己资质平庸，但是依然能看到自我身上的闪光点。虽然相貌普通，但是与人交往时落落大方。虽然身材不够苗条，但是跳舞的时候散发着自信的光芒。虽然生活在社会底层，但是依旧尊重自我，懂得自我与他人生活方式的不同。自信的人能够看到自我独特性，明白自我优秀的地方，真正做到对自我的欣赏。

有的人具有慷慨的心，在朋友借钱的时候给予帮助，将节省的财产用于资助学生，在灾难来临的时候捐出自己的财产。有的人将自己具有的知识悉数分享给他人。有的人自愿无偿献血，拯救他人的生命。

有的人具有平和的心态。日常生活中，不和他人攀比，明白要做的是超越自我。日常生活中，尽最大努力去拼搏，但是对结果保持豁达的心。日常生活中，不急不躁，对于出现的问题尽力解决。日常生活中，不会过于悲观，不会过于乐观。日常生活中，对自我具有准确的定位，不会自我膨胀，不会自我贬低，懂得自己想要的是什么。日常生活中，宠辱不惊，成功时保持谦虚和进取，失败时能够忍耐和坚持。平和源于见过大风大浪，见过人生的悲欢离合，源于看透人和事的本质。

有的人具有勇敢的心。国家与国家发生战争时，士兵在战场上与敌人勇敢斗争，不怕死亡。爱情到来时，即使面对周围的流言蜚语，依旧鼓起勇气选择和对方在一起。即使面对高传染的可能，医护人员依旧勇敢地穿梭在病床间治疗病人。女性成为母亲后变得勇敢，为了保护自己的孩子，不再害怕黑夜，不再害怕困难。

二、负面心理

人类的心理活动不但包括正面心理，而且包括负面心理。有的人具有贪婪的心，想要的东西总是很多。有的人觉得自己能力很强，兼顾多个方面的工作，结果都没有做好。有的女性照顾家庭的同时想把工作做到优秀，结果身体亮起红灯。人生的痛苦很多时候就是因为想要的太多。完美的人生是不存在的，总会有残缺，人生要做删减法，总要有所取舍。

有的人具有攀比心。上学期间，对比谁的学习成绩更好。高考后，对比谁考的大学更好。大学毕业后，对比谁的学历更高。工作后，对比谁的工资更多，对比谁的职位更高。结婚后，对比谁的婚姻更幸福，谁的孩子学习成绩更好。良性竞争会带给人进步，盲目的攀比只会让人迷失，想不清楚自身适合什么。

有的人具有嫉妒心，无法接受别人生活幸福。学习成绩差的孩子会嫉妒学习成绩好的孩子，备受父母冷落的孩子会嫉妒得到父母宠爱的孩子，家庭充满问题的孩子会羡慕家庭幸福的孩子。两个关系好的女性好友同样存在嫉妒，长相普通的会嫉妒长相美丽的。工作单位中，能力弱的员工会嫉妒能力突出的员工。同学关系中，过得差的对过得好的同学心生嫉妒。① 很多人无法发自真心地希望他人变得更好。

有的人具有怨恨心，时常回想起他人对自己的伤害，沉浸在恨意中无法自拔，变得很痛苦。有的人具有悲观的心，面对生活的苦难，想到的不是如何解决而是逃避。面对婚姻的不和谐，只想要分离。面对患有的疾病，觉得自己走到生命尽头。

有的人具有自卑心，觉得自身存在缺点。从小家境贫寒，在富有的人面前很难自信起来。上学期间成绩差，与同学交往时没有信心。工作能力差，得不到领导的赏识，对自己失去信心。有的人具有嘲讽的心，他人陷进低谷的时候，在旁边冷嘲热讽，但是如果相似的遭遇发生在自己身上，是否会感到自己当初行为的可笑性。

有的人具有自私心，依靠损害他人来获取利益。有的人具有虚荣心，期望获取他人的掌声。有的人具有自傲心，与人交往时态度傲慢，只看到自我的优点，察觉不到自己的缺点。有的人具有狭隘的心，曲解他人的话语，他人说的某句话都会记得很清楚。有的人具有脆弱的心，对生活中的挫折没有应对的策略。有的人具有忧虑的心，遇事习惯朝着悲观方面考虑。有的人具有抱怨的心，总是将问题归结于外界。综上所述，人们存在很多负面心理，负面心理会给生活带来负面影响。

---

① 东野圭吾. 恶意［M］. 娄美莲，译. 海口：南海出版公司，2013：263.

第二节　内心与外界的相互影响

内心和行为是相互影响的。人总是无意识地把内心的想法付诸实践，但是内心的想法转化为实际行动往往需要一定时间。在时间长河中，人的内心终究是无法隐藏的。有的人真心善待他人，有的人只是表面上待他人好。人们觉得他人无法看清自己的内心想法。其实，即使虚情假意能够一时欺骗他人，但是时间久了，真正的内心就会被他人察觉。因此，真心换来的是真心，虚情假意换来的是虚情假意。

正面心理会带来好的境遇，负面心理会导致差的境遇。人有正面心理，日常生活中就会与人为善，这在未来都会变成他人善待自己，周围都是善待自己的人，人生必然很平稳，人始终处于正面情绪中。相反，人有负面心理，反映到行为上就是伤害他人，未来必然会引来他人的回击，导致自己生活中充满不顺，负面情绪也会带来身体疾病。人类喜欢将责任归结于外界，但是其实真正的责任人是自己。

生活中，我们需要镜子作为调整自己的工具，没有镜子，我们无法知晓衣服搭配是否合适。同理，外界是被用来使得我们看清楚自己，是我们完善自我的工具。它像是拳击手用来练习的沙袋，拳击手怎么对待它，它就怎么对待拳击手。

　　我对外界做什么，外界就会同样精准地对我做什么。外界可以显示我曾经行为的结果，只有看到结果，我才能修正自己。就像是我拍了个电影，需要播放电影胶带看看效果如何，才能知道自己是否需要改进。就像是练习打网球，只有根据反馈回来的力度，方能够懂得自己使用的力量是否标准。

　　生活是一种学习，但是人们内心学习得如何，只能通过反馈机制得到。我对别人不诚实，很快发现别人对我不诚实。当看到外界的负面反馈后，我就会明白自我行为的错误性，从而改正自己的行为，更加真诚地对待他人。然后我发现别人开始真诚待我。当看到外界的正面反馈后，我明白自己的改正是正确的。在这个反馈过程中，我就学习到诚实这门课程。

　　外界生活是一种对于内心的反馈。当生活境遇出现恶化的情形，说明我出现了负面心理，需要反思并且做出改变。当生活境遇变好，说明我的改变是正确的。例如，我的身体出现疾病，看到这个现象后，我就要反思自己，原来是我工作加班。因此，我需要注重休息，结果身体恢复健康。

　　对于外界的反馈，不同人会有不同的反应。有的人把它当成是提示，有的人却把它当成是打击。外界环境变差，提醒我们需要积极反思，从而进行改正。但是很多人错误理解了外界的作用，一旦发现生活出现苦难，首先的反应是悲观绝望，将原因归结于外界，而忽视了自我原因。例如，学校考试中，有的同学很看重考试结果。一旦考试成绩不理想，就开始自我否定，成绩持续下滑。其实考试结果是次要的，接下来的反思才是考试的真正目的。相反，有的同学知道考试只是用来检测自己的学习情况。他发现自己的考试成绩变差，不会悲观消极，而是自己去找原因，结果在下次考试中有所进步。

因此，外界的苦难只是起到提醒的作用，对待生活中不好的境遇，人们需要做的是调整自身的心理，将差的外界环境当成是完善自我的机会。

第三节　调整心态

世间有美好和丑陋，为何我要选择丑陋的？人有好的一面和坏的一面，为何我要选择看到坏的角度？篮子里有坏掉的和未坏的糖果，为何我要选择坏掉的？我的开心与否只取决于我的选择。

日常生活中，人们会想起别人曾经对自己的伤害，此时需要中断此念头，忘掉他人的错误，避免怨恨的情绪出现。同时记住他人的优点，想想他人对自己做过的好事，内心就容易放下对他人的敌意。日常生活中，我们可能会被他人议论。我们总是想象别人议论自己的场景。其实，我们可以选择堵住耳朵不去听，将思绪用墙壁隔离。

现实生活中，看到比自己强的人，觉得对方看不起自己，其实是自卑心作祟，如果不去想象他人的心理活动，自己就能够保持平静。现实生活中，总有痛苦的回忆，如果能够做到不去回忆它，就能够保持快乐的心情。现实生活中，总有不如意的地方，此时应该想想自己拥有的东西，而不是总盯着自己没有的东西。

白天嘈杂的环境里，人们可以避免聆听自己的心跳。但是寂静的夜晚里，人们容易跳出喧闹的世界，靠近自己的内心。正面的心态帮助我们获取幸福，负面的心态给我们带来痛苦。因此，人们要学着调整自己的心态，克服负面心理，增加正面心理。

第三章

欲　望

当代社会，人类建立了发达的物质文明。人类的历史就是一部欲望追逐史，在欲望的驱逐下，人们不断努力，人类文明不断前进。但是欲望具有两面性，它一方面会带给人进步，另一方面却会损害一个人。适度的欲望有利于人的成长，但是，超出自我能力的欲望、欲望的膨胀、为了欲望的不择手段，都会给人带来负面影响。

第一节　欲望的本质

人的欲望分为很多方面：金钱、权力、名气、性欲、食欲。按照欲望，人可以分为不同的层次。例如，在金钱的追逐方面，人可以分为三个层次。第一层是很贫穷的人，虽然有金钱的欲望，但是无法获得满足，始终在追逐。第二层是富有的人，欲望获得一定程度的满足，依旧在追逐。第三层是寡欲的人，经历了金钱的满足，对金钱没有兴趣，行为的驱动因素更为精神化。每个人都要经历这三个层次的变动。

德国哲学家叔本华说，人类幸福有两种敌人，痛苦与厌倦。进一步说，即使我们幸运地远离了痛苦，我们便靠近厌倦。若远离了厌倦，我们便又会靠近痛苦。[①] 根据法国哲学家拉康的理论，幻想必须超越现实，因为在你到手的那一刹那，你没办法也不会再想要它。[②] 无金钱的人们会痛苦，同样，什么都满足的人也会感觉到空虚的痛苦。异常富裕的人拥有大量财产，但是却容易对生存感到厌倦。

当世俗中的一切都被满足后，人们会自然而然产生厌倦的想法。一个人爬到山顶后，山顶对他不再有任何吸引力，他反而会期望在山底过活。一个人成了富翁后会看透金钱，此时说出的对金钱厌倦是最为自然的话语。一个人总是在自己得到某样东西后再说自己不在乎。所有超脱的人并非他们生来超脱，而是他们曾经拥有过，经历过就会看透，走向精神超脱之路。

人类的历史就是追逐欲望的历史。人们一直在追求更高的目标，因为得不到而每天渴望着，但是一旦得到后又会觉得毫无意思，需要下一个目标。我们一直在攀登一座又一座的高

① 叔本华. 人生的智慧 [M]. 庄知蓓, 译. 北京：北京联合出版公司，2020：26.
② 杜超. 拉康精神分析学的能指问题 [M]. 北京：中国书籍出版社，2020：45.

峰，在爬上了第一座后就需要第二座。人总是不满足，这种不满足带来了人类的进步。人们追逐着钱权名利，在欲望驱动下，充满着激情。但是如果所有欲望都被满足后，那么生活会变得毫无意义。挑战是人类激情的源泉，只有存在挑战，方能够使得自己的生命具有价值。

欲望的存在对于人类的学习而言是很必要的。欲望的满足对于人类的学习来说就像是奖励，是吸引人类学习的动力。人类具有金钱、权力、名气等欲望，在表面追逐欲望的过程中，不自觉地学习到智慧和爱。因此，欲望是一种促发人类无意识学习的动力。当某些人足够优秀后，欲望对其没有任何吸引力，他们会到达一个更高的精神层次，行为受更高级的事物驱动。因此，只有欲望均被满足后，人们才能够丧失对欲望追逐的兴趣。

第二节　过度欲望

人们追逐欲望，满足欲望，在功成名就后自然而然地产生厌倦。但是，这条路的缺点就是人们容易在这条路上越陷越深。钱权名利很难有个最高标准，追逐它们是一条没有尽头的路。叔本华指出，财富就像海水，饮得越多，渴得越厉害，名望实际上也是如此。① 孔子阐述中庸的思想，凡事不能太过。②
欲望同样如此，无欲望会丧失生活的动力，但是，过度欲望会
带来人的痛苦。

人们日常需求的东西不多，只要有吃的饭菜、穿的衣服、
住的房屋即可。但是如果人们的欲望过度，就会给身心带来负
面影响。丰盛的美食只能偶尔吃，能够长久吃下去的始终是家
常菜，粗茶淡饭才能清凉地过一辈子。

每个人都有欲望，适度的欲望有利于人的成长。适度的食
欲满足能够提供人体所需营养。但是一旦过度，就会给人带来
负面影响，食欲旺盛的人如果不顾器官的负荷能力而过量进
食，就会带来肠胃疾病。同时，有的人具有超越自身能力的欲
望。自己只是个普通能力的人，却总是想要成为天才。很多事
情都需要慢慢积累，急功近利是不可能的事情。

欲望如同火焰，适度的欲望会带给人温暖，但是欲望的膨
胀只会灼烧人。有的人为了欲望满足不择手段，为了获得金钱
放弃感情，却只换得空虚的生活。有的人贪婪地想要很多东
西，为了获取钱权名利消耗身体，最终导致身体遭受疾病折
磨。人们患有的疾病和器官的过度使用有关，贪婪地使用某个
器官就会导致该器官出现问题。

---

① 叔本华. 人生的智慧［M］. 庄知蓓，译. 北京：北京联合出版公司，2020：
56.
② 陈晓芬，徐儒宗. 论语·大学·中庸［M］. 北京：中华书局，2011：289.

　　现实生活中，很多人为了满足欲望而不顾身体，结果导致身体出现问题，此时才意识到欲望无法与生命相比。即使获取再多的财富，身居再高的地位，握有再大的权力，一旦死亡降临，都会如同尘土般随风而散。人在面临疾病和死亡时，曾经的欲望会有所降低。复旦博士于娟在生命最后时间记录下了自己的所思所想，在这本叫作《此生未完成》的书中，她写道，人应该把快乐建立在可持续的长久人生目标上，而不应该只是去看短暂的名利权情。名利权情，没有一样是不辛苦的，却没有一样可以带去。①

　　只要参观一下医院，看看医院中躺在病床上的人，就能看尽人世间的悲欢离合，当死亡逼近的时候，每个人都会抓住救命稻草，无非是自我对疾病的无力感。健康是人最大的底牌，人生的各种苦难都比不上死亡来临时的恐惧。人经历生死后，就会看淡人生的悲欢离合。没有了生命，所有的东西都会变成空中楼阁。一旦死亡降临，人的高傲都会瞬间消失，开始变得害怕起来。

　　每个人都会面临生老病死，疾病和死亡总是会带给人思考，很多人都是在经历患病或者临近死亡的事件后出现思想转变。我们总觉得死亡离我们很遥远，我们忙碌于相互间的攀比，努力获取更多的物质财富，将自己打造得比周围人都优

---

① 于娟. 此生未完成：一个母亲、妻子、女儿的生命日记［M］. 长沙：湖南文艺出版社，2019：11.

秀，在其他人面前显示出心理优势感。但是，一旦走向死亡，再大的优越感都会成为无足轻重的东西。只有死亡逼近，人们才会意识到人生真正重要是什么。在死亡面前，人们只会想要活下去，想和家人待在一起，死亡更容易让人看清楚生命的真谛。

只有当疾病来临时，人们才会反思自身。只有当死亡靠近的时候，人们才会明白曾经追逐的东西都不如平静生活来得重要。当人们具有过度的欲望时，就需要尽量克制，从而免除欲望对自我的负面影响。

第三节　克制欲望

欲望需要满足，适度的欲望有利于人们提高自己，但是过度的欲望只会给人带来负面影响。凡事量力而行，超越自身能力的欲望会给身体带来损害。人的水平如果是一百，却总想要生活在水平两百的人周围，就会面临很大的压力。但是，倘若生活在水平九十的人周围，就会感觉游刃有余。欲望必须与自身的能力相符合，否则只会带来身体的损耗。有的人给自己设定很高的工作目标，超出自身的能力，结果导致身心俱疲。努力是必须的，但是如若去追逐超越自身能力的目标，就会带来身心的双重折磨。

唯一能够抑制人类欲望的是身体健康。当你欲望强烈的时候带来身体问题，这时候你就会感觉到自我的渺小，产生对生命的无力把握感。健康是最重要的，如若没有健康，一切都成为零。只要想到健康，人就会收敛自我的行为。如果我们把人生目标定为长寿，就会懂得克制自身的欲望。降低对自我的要求，使得欲望适应自我的实际能力，就不至于损坏身体。

同样道理适用于整个人类社会。人类总是觉得自我是主宰，可是即使在地球，我们依旧是渺小无比的存在，更不用说广阔浩渺的宇宙。那么什么能够使得人类意识到自我的渺小呢？那就是对于生命无力把握时。对于健康和生命，无论是光鲜亮丽的人，还是无名无姓的普通人，都是同样平等的。

适度的欲望会带来人类文明的进步，欲望的膨胀只会阻碍人类文明。为了自身欲望的满足，国与国间充满了各种冲突，消耗着彼此。未来人类文明的进步关键是克制欲望。

第四节　超越欲望

人来到这个世界，需要基本的生存所需，物质保证是必须的。但是，幸福感与物质的积累不是简单的正比关系。如下图7所示，在人们满足生存所需的 A 点前，随着物质的增多，人的幸福感逐渐增强。在 A 点满足了生存所需后，人的幸福感保持不变。但是等到物质财富增加为巨额财富，到达某个点 B，人的幸福感反而逐渐降低。

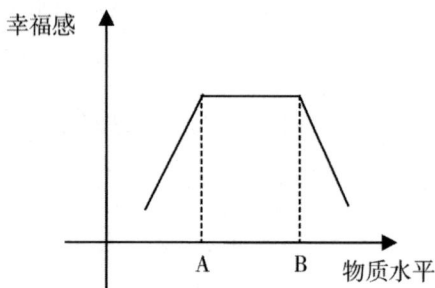

图 7　物质与幸福感的关系

一、物质与精神

物质与精神存在相互影响的关系。精神的提高带来物质的提高，而物质的提高反过来会影响到精神，而且两者的反应存在时滞效应。物质是精神的表现形式。人具有很强的能力，拥有很高的智慧，那么就会获得金钱、权力、名气和地位，物质的丰富是精神提高的结果。但是，物质的丰富却可能反过来影响到精神的成长，如果人沉浸在过去精神成长所带来的物质享乐中，就可能导致精神的迟滞不前甚至是倒退。

艰苦环境会塑造人，享乐生活却可能会使人在原地踏步。通常情况下，过去能力积累带来的物质财富会使得人沉浸其中，给人带来负面影响。有的歌手年轻时具有很强的音乐才能，创作出无数歌曲，累积了财富和名气，但是却沉迷于物质的享乐中。物质的提高反过来影响了他的创作，精神被自己过去累积的物质拖累，再无音乐的灵感。

物质成就是能力的代理指标，人拥有超高的能力，自然就会获得物质成就。但是，物质会对能力的继续提高产生阻碍。真正明智的人只会保留满足自身需求的东西，专注于能力的持续提高。真正明智的人会将多余的钱权名利用于利益他人，从利他中汲取自我继续提高的能量，利他的同时实现自利。

这个世界上有三类人，第一种，没有能力，自然没有钱权名利。第二种，很有能力，获得钱权名利，但是却被能力带来的光环影响，沉浸在物质的享受中，能力无法继续提高。第三种，很有能力，获得钱权名利，但是选择过平凡的生活，将多余的钱权名利用于利益他人，使得自身的能力得以继续提高。

二、驱动力的提高

人的驱动力是不断提高的，起初追求欲望的满足，但是慢慢地会追求更为长久的东西。如果人的行为不是受到欲望驱动，而是被兴趣和爱驱动，那么这个人的幸福感持续时间更长。如果两性间只有生理上的吸引，那么相处时间可能很短暂，但是如果两性间存在深刻的爱，相处时间更为长久，尤其是灵魂伴侣的相遇，彼此间的心电感应，能够带来灵魂上的快乐。

有的人追求的是兴趣。演员在演戏的时候不是为了金钱，而是觉得很快乐，充满热情。学者在学术领域始终进步，只是因为喜欢学术研究，写作论文废寝忘食。普通人在工作中不断进步，只是想要不断超越自我，使自己变得更优秀。艺术家遵循自己的兴趣学习音乐和绘画。运动员打篮球是因为对篮球的无比热爱。只要从事自己喜欢的事情，就处在一种忘我的境界中，忘记了时间的存在。人创作出一首完美旋律的歌曲，写出一篇让人眼前一亮的文章，导演一部能够起鸡皮疙瘩的电影，演绎一个栩栩如生的角色，画出一幅美妙的图画，所感受到的灵魂快乐是无法比拟的。

有的人追求的是爱。日常生活中，人们忙碌于工作，劳累奔波，是为了给自己爱的人提供更好的生活。普通人的最大幸福就是感情上的满足，回家陪伴父母，和爱人牵手散步，和孩子度过亲子时光，与亲朋好友相聚，在平淡生活中感受幸福感。有的人积累财富后选择捐赠出去，用来帮助他人。有的人工作是为了全人类的幸福。美国免疫学家詹姆斯·艾利森和日本免疫学家本庶佑获得诺贝尔生理学或医学奖，他们开创了癌症的免疫疗法，给世界众多病人带来了希望。

人类需要不断提高自己的行为驱动因素，从最初的欲望驱动转向更高层次的驱动因素，避免欲望的负面影响，获得更大的心灵幸福感。当人到达一定境界后，欲望无法构成驱动力，他的驱动力会转变成为智慧和爱这种更高层次的东西。

第五节　寡　欲

　　生活中的人们大致可以分为五类：第一类，挣扎在贫困边缘的人们，需要金钱，生活捉襟见肘；第二类，生活基本达到小康，物质生活富足；第三类，拥有超出常人的财富，但是却无法合理利用，遭受金钱的负面影响；第四类，虽然具有巨额财富，但是生活很简朴，精神境界很高，将财富捐赠出去用于公益事业，不受金钱的负面影响；第五类，舍弃自我利益的满足，将自我奉献给人类社会。

　　在历史上，凡是对人类进步做出贡献的巨人们都是清心寡欲的人。哲学家，尤瑟夫・柏拉图（Joseph Plateau），亚里士多德（Aristotle）；科学家，阿尔伯特・爱因斯坦（Albert Einstein），尼古拉・哥白尼（Mikolaj Kopernik），艾萨克・牛顿（Isaac Newton），阿基米德（Archimedes）；诗人，李白、杜甫；艺术家，路德维希・贝多芬（Ludwig Beethoven）、弗里德里克・肖邦（Frédéric Chopin）。他们对于物质不重视，将精力完全放在精神领域，具有超人的成就。物理学家居里夫人（Marie Skłodowska-Curie）曾经两次获得诺贝尔学奖，她平时不闻名利，生活俭朴。她结婚的时候，家里只有两把椅子，原因是她害怕影响到自己做研究的时间。居里夫人获奖无数，却不看重荣誉，她从未用镭获取私利，而是毫无保留地向世界公布了镭的提纯方法。

　　如同《瓦尔登湖》这本书中所描绘的，梭罗在自然中经历了两年零两个月的隐居生活。[①] 人到达一定境界后，就会具有很低的物质欲望，将时间都用在精神世界上，远离世俗享乐，将注意力投向精神快乐上。

---

　　① 亨利·梭罗. 瓦尔登湖 [M]. 田伟华，译. 北京：中国三峡出版社，2010：9.

第四章

生活是一种学习

　　我们的人生是一种学习，在漫长的旅程中磨砺自己，使自己变得更加完美。生活就像是无比真实的电影场景，人们在场景中体验学习。生活是实习场所，是实践基地。人们在生活中需要学习的课程包括爱、宽容、诚实、忠诚、勇敢、耐心等，生活场景中的挫折都是对人们的考验，使得人们能够反思进步。

第一节　生活是一种考验

　　生活有什么特点呢？它是一种无比自然的学习过程，是一种实践所形成的感悟，这种感悟因为有了亲身体验的基础而显现出无比清晰的特点。就像是学习金融学课本上的知识，如果只是学习课本上的理论，那么只能在自己想象的空间中形成一个理论逻辑上的模糊理解。但是，如果去银行实习，学习金融知识就变成了必须，就会很快速，并且印象深刻。学习课本抽象语言的效果无论如何无法与学习者本身在实际生活中进行操作相提并论。这就是纸上谈兵和实际操作的重大区别。

一个人要准备司法考试，于是买了三本法律课本，这些课本中有法律的基本理论，有法规法条。当然也有案例，案例的作用是为了让学习者更加透彻地理解法律理论。他复习到关于犯罪的法律，课本上举了一个案例，案例中有犯罪者和受害人。但是他一般是作为旁观者，将书本翻开在书桌上，然后悠然地读着这个例子，对于例子表达的思想只能通过想象来体会理解。但是如果他成为实习律师，参与真实辩护程序，那么就会对法律知识更好地了解。

同理，生活就像是一本课本教材，人类是学习者。它是一种完全身临其境的体验方法，使得学习者可以成为场景的参与者而不是旁观者。只有这种方式才会带来刻骨铭心的体验，才会催生出终生难忘的教训，才会使得人们能够深刻地理解道理，才会使得人们能够从本质上把握所学的课程。因此，生活体验是真正的书籍，是我们学习的百科全书，是我们需要反复琢磨思考的艺术品。

每个人的生活经历都是不同的，需要学习的课程存在差异。如果只是向人们抽象地灌输善良、忠诚、勇敢、坚强、耐心等道理，那么没有人会真正理解，最多只是浮于表面的认识。但是如果人们亲身体验生活，与他人相处，经历生活的点点滴滴，就更容易理解道理的真正内涵。人生评判的焦点不是世俗成就，而是学习到的智慧与爱，是对自我的超越，是对自我人格的完善。我们在一生中学习到的知识，得到他人的爱和向他人付出的爱，是真正重要的东西。

一、生活是学习场所

生活是绝佳的学习场所，充满着学习机会。生活中有各种场景来考验人们，它就像是闯关游戏，人们在里面努力通过各种关卡，在游戏过程中积累丰富的经验，从而升级为高级玩家。生活就像是一面镜子，就像是学习软件，就像是练习拳法所需的沙袋。人们可以将思想应用到现实中去，然后经由生活呈现出的样子来反思自己践行的效果。

对于人们而言，世俗生活是最有效率的学习场所。人们在与伴侣相处中懂得两性和谐之道，在抚养子女的过程中懂得如何付出爱，在工作的过程中累积知识和能力。大隐于市，这是一种高层次的精神境界，即使拥有绝技，也可以隐藏在普通人中。

在世间，人们能够真实地体会悲欢离合。这种体验是刻骨铭心的，由此得来的感悟是发自肺腑的。诚信被作为立人之本，但是如果一个人只是从经典中读到这句话并且按照这个道理来执行，那么他并未真正理解它的含义，他只是在机械地遵守而已。现实中的践行是必须的。有的人向他人借钱，但是到期却不归还，结果他再向他人借钱，不再有人借给他。在这种人生经历中，人们因为失信付出了代价，同时明白了诚信的重要性。

体验具有让人心服口服的作用。犯罪者发现自己被判死刑，因为惩罚的逼真性，导致体验非常真实，带来的感悟无比深刻。在生命临到终点时感到很无助，他终于明白伤害他人的错误性，懂得人需要善待每个生命。在这种角色转换中他可以换位思考，真实地感受生命的可贵，明白自己不能无缘无故伤害他人，明白剥夺他人的生命健康会造成多么严重的伤害。

没有经历过俗世生活的人，只是遵守别人写下的理论，我们又能期求他对善良和出世有多深的理解呢？只有经历过苦难的人才知道幸福有多好，只有经历过黑暗的人才会了解光明的内涵，只有体验反面才会对正面的理解更为深刻。人只有经历错误带来的痛苦才能够无比深刻地理解错误和改正错误。

二、关键在于践行

生活是最好的学习场所。人们可以通过外界境遇来判断自己是否践行智慧和爱。如果人们遵守爱，就会发现自己的境遇变得顺畅起来，家庭和睦，朋友增多。但是如果发现周围的环境变差，家庭不和，朋友远离，那么就要反思自己，从而做出相应的改正。

现实生活中，有的人学习成绩很差，但是他不去努力学习，反而祈求他人的帮助，希望考个好分数，这其实是一种逃避。当自我对于事物没有控制力的时候，就会将自我交给他人主宰，产生依赖他人的想法，这其实是意志薄弱的表现。对于不擅长学习的人而言，他期望投机取巧，幻想不付出努力就能够成功。但是，只有付出汗水方能够在某个方面做到出色。努力是唯一的方式，没有任何捷径。我是个差等生，我应该记忆课本知识，自己努力付出，才能够在期末考试中考得好成绩。但是如果我总是将希望寄托于他人的帮助，无所事事地度过，那么成功就只能沦为幻想。

在生活中，我们经常会有懒惰的心理。不愿意辛勤工作，结果只能落得贫困窘迫的下场。身体生病，不去医院看病，不按医嘱吃药，不锻炼身体，不改变生活习惯，结果只能够忍受病痛的折磨。夫妻感情不好，不去尽力经营两人的感情，不去改变自己的行为，结果只能面临关系破裂的结局。生活中的一切都要靠努力获得，幻想享受免费的午餐只是痴人说梦。

不论是感情的经营，还是事业的成功，皆靠自我努力。高校教师申请国家自然科学基金项目，反复修改申请书，付出一百分的努力，那么申请成功就是概率很大的事情。如果只付出十分的努力，那么想着靠运气来成功就是妄想，没有人能够不付出汗水就有收获。

在这个世界上，唯有努力生活是最重要的，在生活中实践真善美的思想，经营感情，积累智慧，经由实际的行动来提高自己。道理谁都会说，但是真正做到却是很难。人生需要的最重要能力就是实干，说得再多，都不如实践，懂得再多，都不如践行。想要获得财富，需要努力劳动。想要提高才能，需要反复练习。想要美满的婚姻，需要用心经营。想要健康的身体，需要定期锻炼。想要疾病治愈，需要遵医嘱吃药。没有任何人能够拯救我，只有我自己能够解救自己。

三、生活是一种体验

生活中，人们可以拥有无数的体验。观看不同城市的风景，品尝不同地方的特色美食，闻到不同味道的香气，聆听不同种类的音乐。经历世间的悲欢离合，与不同个性的人打交道，体会不同类别的感情，从事不同岗位的工作，感受不同类型的情绪，体验不同的心理活动。

生命是一种经历，丰富的经历有利于人的成熟。人如果没有足够丰富的人生经历，是无法真正体会人生道理的。智慧这种抽象的东西都是建立在具象的基础上，人生感悟都是在经历了大风大浪后得来的。假定有两个人，一个人阅读兵法书籍，另外一个人带兵打仗，两者对比起来，肯定是后者对军事的理解更加深刻。假定有两个人，一个人阅读爱情书籍，另外一个人真正走进爱情，两者对比起来，当然是后者对于爱情的感悟更深。

对于抽象的名词，如爱、谦卑、寡欲这些词汇，是给出一段文字上的解释还是给予十年的人生经历更好理解呢？当然是后者。亲身的人生体验会带来深刻的理解。作家写一本书，讲述了很多抽象的真理，读者不会很感兴趣。但是如果作家写了一本小说，小说中描绘出一幅广阔的生活图卷，有各种性格的人物，有各种类型的工作，有各种离奇的经历。读者在这种多样性的描述中，就能够经由具体来理解抽象的道理。

人们来到世间，面对生活的挑战，不断提高自己的生活能力。只要克服生活中的种种难关，能够把生活过好的人，就是厉害的人。真正的成熟是经历各种苦难后的通透，是经过生活打磨后的天真，是通过复杂人性挑战后的纯真。

第二节　生活是一种学习

德国哲学家弗里德里希·尼采（Friedrich Nietzsche）曾经说过，人类是一根系在动物和超人之间的绳索，一根悬在深谷上的绳索。往彼端去是危险的，停在半途是危险的，向后望也是危险的，战栗或者不前进，都是危险的。①

生活是一本让人学习的书，人类是书的研究者。你想要成

---

① 弗里德里希·尼采. 查拉图斯特拉如是说［M］. 杨恒达，译. 上海：上海
人民出版社，2016：9.

为指导博士的教授，那么你就要自己先获得博士学位，具有丰富的写作论文经验，方能够指导学生。你想要成为导演，那么必须了解到电影中每个角色的性格、心态和情绪，方能够真正地成为导演。

只要我们努力学习，我们就可以从小学读到初中、高中、大学、研究生到博士生，最终成为教授。但是，到达最终的境界，需要的是自己的勤劳努力，需要自己的体验，没有人可以代替我们。必须自己经历所有，自己去体会整个过程。我们在生活中需要学习两方面的内容，一方面是学习智慧，另一方面是学习爱。人们需要在人生的旅途中不断提高自己的智商和情商，使得自我在智慧和爱两个方面变得完美。

一、学习智慧的课程

每个人具有不同的才能，人生很重要的事情就是要不断完善自我的能力，不断地在自己的领域内攀登高峰，从而在智慧上有所进步。

荷兰画家文森特·梵高（Vincent van Gogh）一生都奉献给了绘画。虽然物质条件不足，靠着自己的弟弟提奥接济生活，但是他不断学习绘画的技术，探索更好的绘画技巧。他孤独寂寞的一生中卖出去的画不多，但是他从未放弃这种热爱。这种坚持不懈使得他的画在死后得到世人的认可。①

很多怀揣演员梦想的人虽然在影视作品中饰演配角，但是都用心诠释自己的角色。即使遭遇各种挫折，仍然坚持到底，不断磨砺自己的演技。一个人花一年的时间演戏，可能对演戏只有皮毛的认识，但是如果一生都在演戏，那么积累的经验就很厚重，量变引起质变，就会成为这方面的专家，对角色的把握能力变得很强。

主持人坚持站在舞台上多年，锻炼了很强的口才，积累了无数的主持经验。电影导演拍摄多部电影，积累了导演经验。侦探在办理案件中，面对各种类型的犯罪嫌疑人，了解不同类型的破案手法，积累了丰富的破案经验。

经典生煎老字号的生煎师傅从年轻时候开始做生煎，持续四十年的时间。经过时间的累积，从不成熟的小跟班变成了经验丰富的老师傅。城市里面一家食品店经营了二十年，周围的建筑物改变，只有它始终屹立不倒，店铺老板不断提高自己的技术，成为自己领域的专家。当一个人在自己的领域累积足够的时间，那么就会在这个领域逐渐得心应手，等到年老的时候会发现自己的才华达到一定的高度。

在科研中，高校教师在学术研究这条道路上始终进步。硕士期间开始写论文，论文发表在普通期刊上。博士期间对论文

---

① 何政广. 世界名画家全集：凡·高 [M]. 石家庄：河北教育出版社，2008：26.

的驾驭能力提高，思考到达更高层次，发表在高水平期刊上。博士毕业后到高校工作，开始发表论文到顶级期刊上，申请国家基金项目。未来的路是评副教授和教授，带硕士生和博士生，申请面上项目和重点项目。回顾这一生时，他可能会很自豪地告诉自己在学术研究领域有了很大的进步。

我们来到这个世界，不论从事什么类型的工作，都需要持续学习领域内的相关知识，从一点一滴积累起来。经过一生的时间，量变引起质变，慢慢就会成为经验丰富的专家，这种知识的积累会成为永久的财富。

这个世界上，每个人都有不同的职业，一个人从零做起，坚持在同一个行业工作，起初可能默默无闻，但是只要坚持足够的时间，持续在一个地方努力，总会开花结果。如果做一项工作只坚持一年，那么多半不会有所成就。但是如果能够坚持一辈子，时间累积带来的就是在这个领域内的出类拔萃。一个人长期专注于一个方向，就如同放大镜聚焦到一个点，只要时间足够长就可以将纸烧着。

每个人回顾自己一生做了什么，重要的不是钱权名利，而是自己在技能方面的提高。画家可以说自己的绘画水平提高，歌手可以说自己的唱歌水平上了新台阶。等到学习到一定程度，积累足够长的时间，我们每个人都会在自己领域内有所建树。

二、学习爱的课程

爱这个词包含了很多的东西。我们需要在平时生活中学习爱的课程，学习如何爱他人和如何接受他人的爱。我们与父母（包括伴侣的父母）、兄弟姐妹、爱人、子女、亲戚、朋友、同学、领导、同事、老师、陌生人的相处中学习到不同形式的爱。同时感受爱的反义词，经由爱的反面，能够更好地理解爱的真正含义。

我们在生活中需要学习被父母爱和爱父母的课程。父母把我们抚养成人，将无私的爱给予我们。我们在与父母相处中学习接受父母的爱。同时，长大后需要学着在精神和物质上回馈父母。但是，有的人需要通过亲情缺失的经历体会到爱的重要性。有的孩子经历父母离异的状况，有的孩子在成长过程中失去双亲，有的孩子与父母的关系疏远。

我们在和爱人相处中了解到婚姻爱情的真谛。人与人的爱情模式差异很大。有的人暗恋他人，有的人在恋爱中遭遇对方背叛。有的人彼此深爱，却由于种种原因分开。人与人的婚姻模式差异很大。有的夫妻关系甜蜜，没有争吵。有的夫妻感情不好，经常吵架。有的夫妻关系中，一方背叛给另一方带来痛苦。

与兄弟姐妹的相处过程中，我们需要爱自己的兄弟姐妹。抚养子女过程中，我们需要向子女付出关心，教育自己的子女。与亲戚、朋友、同学相处时，我们要向他们提供帮助。与领导相处中，我们需要学习尊重领导，与同事相处时，我们需要良性竞争，与老师相处中，我们需要学习尊敬老师。与陌生人相处中，我们需要向他人伸出援助之手。

除了以上形式的爱，世间同样存在大爱，即放弃自我利益，为了整个人类无私奉献。有的士兵为了人民的幸福生活牺牲自己的性命。有的教师在地震发生时指挥学生逃生，自己却在地震中丧生。有的人平时热爱做慈善。有的人放弃丰衣足食的生活，为国家进步做出贡献。

日常生活中，我们需要不断学习爱的课程。我们需要与不同类型的人交往，体会不同类型的感情。如何孝敬父母、如何与伴侣和谐相处、如何教育子女、如何和亲戚朋友交往、如何和同事相处等，都是摆在人们面前的课题。在处理关系的过程中，人们慢慢懂得自爱与爱他的平衡，懂得付出与索取的平衡。

第三节　生活是不断超越自我

每个人都是复杂体，性格存在优点和缺点。有的人遇事半途而废，有的人急功近利。有的人性格易怒，有的人性格内向，有的人性格软弱，有的人性格胆小，有的人性格吝啬，有的人性格懒惰，有的人容易悲观。人生旅途中，我们需要做的就是不断克服自身性格上的缺陷，慢慢养成优良的习惯，构建良好的性格。

每个人处在完善自我的旅途中，都在培养自我更完美的人格。人回顾自己的一生时需要思考自己获得哪方面的提高。是否变得更加耐心？是否变得更加勇敢？是否变得更加坚强？一生的时间很短，我们无法在每个方面都做好，但是只要在某个方面获得了进步，人生就具有价值。从暴躁变为温和，从胆小变为勇敢，从懦弱变为坚强，从吝啬变为慷慨。多次克服性格缺陷后，美好品质就会成为习惯。

一、犯错是一种学习

生活是一次学习，我们来到这个世界体验，生活场景非常真实。我们在生活场景中学习智慧与爱的课程，但是有两种学习方式，听从和犯错。前者是遵守规则，听从前人的建议，生活幸福，后者是违背规则，承担犯错所带来的后果。后者属于一种反面学习方法，这种方法带来的感悟更加刻骨铭心，学习效果更好。

日常生活中，子女有两种成长方式。一种是听从父母的劝导，避免了吃亏上当，一种是不听从父母的劝导，经历了血的教训，才真正明白父母的苦口婆心，心悦诚服地接受父母的经验。两种成长方式并无偏好，均可以让人感悟。医生总是劝导病人要多锻炼身体。一个人听从医生的劝导，结果身体变得健康。另外一个人不听从医生的建议，身体免疫力变差。后者不听从医生建议，导致了身体的痛苦，他就会领悟到锻炼身体的重要性。

其实，大部分年轻人不会听从老人的建议，老人也是经过无数个错误走过来的，年轻人只是在重复他的路途。老人是过来人，年轻人是刚到社会的人，年轻人不懂老人说的话，无法感同身受。很多时候年轻人都是跌倒受挫后才会恍然大悟，原来老人的劝导是对的。只有自己亲身体验教训后才会真正明白道理。

每个人都存在自身的缺陷，错误是不可避免，但是每一次错误的出现都是一个教训，都是指出自身的缺陷。我们吸取教训，改正自身的错误，从而能够获得进步。这就像是制作雕塑，只有不断打磨雕塑，才能够让雕塑变得更加有美感。故犯错是完善自我的必经旅程。

二、苦难是一所大学

世间存在两类人，一类人过着平静幸福的生活，一类人过着水深火热的生活。生活就像是闯关游戏，有的人选择的是简单模式，经历的是幸福平淡的一生，有的人选择的是困难模式，经历的是挫折苦难的一生。后者在克服障碍的过程中会反思自身，更容易思考人生，获得快速进步。

　　生活中存在着各种类型的磨难，没有谁是永远快乐的单纯孩子，没有谁是始终生活在温室里的花朵。如果我一直身体健康，我就会把它当成是理所当然的事情，我体会不到身体健康的幸福感，可是如果我从生病变为健康，就会更加理解健康的好处。

　　我们活在世间，总会遭遇挫折挑战，直面苦难是我们需要学习的课题，苦难是我们进步的最大动力。谁在顺境时都可以保持积极乐观，但正是逆境中的表现决定了人与人之间的区别，很多伟大人物都是在生活折磨中成长起来的。当人被逼到绝境的时候，往往更容易获得灵魂上的思考。

　　生命的一项苦难是疾病，体弱多病的人备受病痛的折磨，无法像健康的人那样快乐生活，享受生命的美好。但是，疾病能够带给人更多的思考，使得人能够反思自身。很多人没得病前贪婪地消耗身体，但是得病后会明白身体健康是最重要的，会降低欲望的追逐，采用健康的生活方式。

　　我们来到这个世间，经历生老病死、悲欢离合，接受种种磨难的考验，会有深刻的感悟。所以苦难是一所大学，在苦难的历练中，人们可以获得快速提高。

三、欲望是支撑学习的动力

　　人世间是什么驱动人们锲而不舍地生活着？很大程度上是因为欲望。欲望是支撑人们反复玩游戏的动力。生活是一个学习场所，我们都是学习者，欲望是人们坚持学习的吸引力，我们追逐欲望的过程就是感悟思考的过程。

现实生活中，很多人喜欢打游戏。游戏设计者会设置各种环节来迎合玩家的喜好，从而使得人们不会厌烦，持续保持玩的兴趣。例如，游戏中有三大特色来吸引玩家。第一个是不断自我超越。在游戏的众多关卡中，人们为了证明自己的能力，为了不断挑战自我，会不断闯下去。随着关数的增加，难度越来越大，人们会越来越有成就感和征服感。第二个是不断寻求新鲜感。游戏中有冒险模式、生存模式、解谜模式。在不同的模式中有着不同的武器，有着不同的环境。所有的这些都是探索新奇的事物，玩家在把所有秘密挖掘出来前是绝对不会退出的，游戏对玩家始终具有吸引力。第三个是不断获取金币。玩家希望有足够的金币来支付商店里的商品。为了获得足够的金币，人们就会重复玩各个模式下的关卡，然后用金币来买自己想要的东西。

因此，游戏设计者正是抓住了玩家的心理需求，使用这些特色来吸引玩家。但是如果玩家失去了相应的需求，那么就到了退出游戏的时候。每个人都有各种各样的欲望，人生经历的种种就是让我们慢慢驱散欲望的迷雾。

第四节　人的本来面目

我们在尘世间生活，慢慢地忘记了自己的本来面目。其实，真正的我是看电影的观众，而不是电影演员。真正的我是学习法律课本的人，而不是课本案例的辩护律师。生活的意义是不断地学习智慧和爱，生活的目的在于学习者体验生活场景，从而收获感悟，促进成长。

我们都是学习者，学习智慧和爱。但是智慧和爱这两个词过于抽象，电影导演为了更加形象地表达出智慧和爱的思想，就采用电影故事的方式生动地体现出来，故事的具体性有助于抽象规则的理解。于是，恢宏的人类文明进化史就像是一场大制作的电影，而我们每个人都是其中的演员，贡献了自己最投入的演技。在这个电影中，人们体验着不同的人生。

人生这场戏中有各种类型的道具，有各种类型的场景，有造型的不断转换。物质是道具，关键是我们在道具帮助下获得的体悟。人生中的各种悲欢离合无非是由于我们太过沉浸在角色的表演中，过于入戏带来的就是很难从戏中抽离。这就如同我们坐在电影院中看恐怖电影，经常会被吓得魂不附体。如果我们到达真正的拍摄现场中，看到假的血液和演员的造型，恐怖感立即会消失。同理，生活就如同一场戏，很多时候就是一种表演，不必那么较真，我们应该时常从戏台走下，走到观众席上，从旁观者的角度来观看这场戏。我们可以时常从人生的角色中抽离出来，站在旁观者的角度来观看自我表演的电影人生。

　　人生如同一场戏，我们只是戏里的演员。但是，不管人的本来面目如何，既来之，则安之，我们都应该认认真真地生活，用尽心思地生活，这个过程就是在学习，生活和学习是完全统一的。

第五章

行为与结果

人在世界上的所有行为都会产生相应的结果。人的正面行为分为两种：积累爱和积累智慧。积累爱是善待他人，善待他人就会带来幸福。积累智慧是努力学习知识，在某个领域具有突出才能。

第一节　爱和智慧

人在生活中需要从两个方面努力：积累爱和积累智慧。一方面，不断向他人付出爱，善待他人，为自己未来累积幸福。另一方面，不断在自身领域内学习知识，完善自己的能力，为自己未来累积智慧。智慧使得人充满魅力，爱使得人充满亲和力。

一、积累爱

人在日常生活中不断积累爱，就会收获幸福。有的人孝顺父母，给父母买东西，陪着父母看病，照顾父母的生活起居。有的人用心养育子女，给子女提供良好的教育。有的人善待伴侣，对方处于困境时不离不弃。有的人和兄弟姐妹关系融洽，兄弟姐妹有困难的时候提供援助。有的人善待亲朋好友，有的人尊重领导，有的人团结同事，有的人回馈老师，有的人将积蓄无偿捐赠。

积累爱带来的幸福分为四种类型。第一种，人际关系和谐。由于善待他人，因此拥有良好的人际关系，没有仇敌的困扰，没有官司的缠身，没有意外的出现。第二种，身体健康，没有病痛的困扰。人的很多疾病都是不良情绪导致的。如果和他人关系良好，情绪处于稳定的状态，就不会出现负面情绪，自然避免疾病的发生。第三种，心灵安宁。人生中大部分的快乐来自和谐的关系，亲人朋友的团聚，夫妻的相爱，亲子关系的幸福，都会带给人心灵上的快乐，这是用物质无法衡量的。第四种，钱财富足，地位尊贵。由于家庭幸福，因此能够安心工作，容易做出成就。同时，由于曾经善待他人，因此工作上会遇到帮助自己的人，进而带来事业上的成功。

二、积累智慧

每个人具有不同的才能，在时间长河中不断累积自己的能力。智慧经由努力获得，只有勤奋训练，方有能力的提高。

人能力的提高是日积月累的过程，需要的是汗水和拼搏。有的人具有超人的天赋，不费功夫就可以写出美妙的文字，就可以创作出美妙的乐曲，就可以解答深奥的数学问题。看起来是拥有他人羡慕的天赋，其实他的所有能力都来源于曾经多年的努力，他现在的高水平都是曾经一步一个脚印走过来的。人在自己的领域内勤奋学习，就会累积超越他人的能力。舞蹈功底很差的人每天加紧训练，坚持足够长的时间，就能跳出美妙的舞蹈。英语基础差的人努力练习英语口语，就会有很强的口语能力。我从事信用评级的研究十五年，持续在一个领域努力，那么就会做出一定的科研成绩。

我从 2009 年 9 月开始写这本书，历经 15 年的时间，增加自己的人生经验，反复修改和删减，最终成形。这么多年的时间里，我始终坚持，即使前方是黑暗，我也要前行，没有放弃，相信自己终有一天会走出黑暗。每件事情的成功都来源于反复的练习，来源于不厌其烦地改进，量变引起质变。当人付出的时间足够长，那么就会成功。当我们回头望望那些汗水和泪水，想想那些纠结和挣扎，完全就会感动到自己。

工作劳动是为他人付出，有益于他人的生活。程序员设计出来的音乐软件使听歌变得方便。歌手唱出的歌曲给听者带来音乐上的享受，抚慰人的心灵。演员参演的电影给观众带来视觉上的享受。服装设计师设计出美丽衣裳，使得消费者穿在身上具有美感。科技工作者发明出功能强大的手机，给大众生活提供便利。医生利用知识医治了患者，使得患者重获身体健康。教师将自己具有的知识传授给学生，提高他人的智慧。房地产商在各个城市建造小区，给无数普通人提供了温暖的家。汽车制造商生产的汽车，给人们提供了交通上的便捷。小贩在菜市场销售水果，给普通人带来新鲜的食品。商人创建的公司制造各类产品，给普通人提供生活必需品。家具制造商生产合适的家具，装饰每个家庭的空间。

　　每个人的工作都有自身的价值，付出自己的知识和技能来帮助他人。消防员冒着生命危险来拯救他人，互联网科技工作者利用自己的智慧为人们提供便利的生活，官员利用自己的职位做出利于普通人的政绩。我们每个人都经由工作来利益他人，同时利益自我。人的能力越大，影响的人越多，创造的价值越大，自己的生活就越富贵。

　　当人们看到自我能力利于他人并且对社会有价值的时候，就会感觉到发自内心的满足和充实，这是隐藏在物质需求背后的精神需求。相反，如果人的能力没有他人的认可，没有利益他人，那么他的才能会变得毫无用武之地。所以，相声演员需要观众，歌手需要歌迷，老师需要学生。正如同作家路遥所说，只有在无比沉重的劳动中，人才会活得更为充实。① 人如果没有工作，就会觉得生活毫无乐趣。因此，劳动是一种需要，他人需要我们的工作，我们才会具有价值。

财富是智慧增长的表现形式。一个人不努力学习知识，那么就会很贫穷。一个人能力大，具有很高的社会价值，就会拥有尊贵地位和大量财富。但是物质成就却可能对智慧的继续增长产生负面影响。有的歌手曾经物质生活贫苦，他将全部精力放在创作上，创作出多首歌曲。但是在成名带来的财富中他变得浮躁，将时间放在物质享受上，无法沉下心来创作歌曲，从此，他的创作生涯走下坡路。

人的智慧变动存在三种情况：提高、降低和不变。如果把时间花费在积累智慧上，就会在智慧上有所收获。我们无法根据人的现在成就来判断他的未来，现在的成就只是过去的结果。过去的努力会带来现在的高峰，但是现在的懈怠却会带来未来的低谷。人容易迷失在曾经自我努力带来的成就中，钱权名利都会使人变得骄傲。如果在高峰的时候免受物质成就的负面影响，就会使得智慧继续增长。

三、积累爱与积累智慧

人的行为分为积累爱和积累智慧两个方面。有的人充满智

---

① 路遥. 早晨从中午开始 [M]. 北京：北京十月文艺出版社，2022：4.

慧但是幸福感不足。有的人智慧不足但是足够幸福。虽然没有突出的能力，但是拥有平凡幸福的家庭。有的人不仅具有智慧，而且生活幸福。演员在电影领域具有很高的地位，向观众呈现出多部精彩作品。同时，他的个人生活很幸福，婚姻生活平淡安宁。

　　人的富贵程度很大程度上是与自身的智慧能力相关，但是人的幸福指数却与自身的善意紧密相连。累积爱能够带给人们幸福感，累积智慧能够带给人们富贵。人在某个方面花费更多的时间，那么就会在这个方面获得更大的成就。有的人愿意降低对事业的追求，花费更多的时间陪伴家人，那么就会收获更美满的幸福婚姻。有的人愿意放弃恋情，追求自己的梦想，那么就会在事业上获得成功。人在什么地方努力，随着时间的累积就会获得什么地方的成就。

第二节　正面行为与负面行为

　　人需要为自我行为负责。播种什么就会收获什么，只要看看我们现在做了什么，就会懂得未来的大致场景。人的行为分为两类：善待他人和伤害他人。人在平时生活中善待他人，就会为未来积累幸福。人在平时生活中伤害他人，就会给未来带来苦难。

人与人的交往是相互的。人在生活中善待他人，未来就会收获他人的善意。每个人都清楚他人对自己的真心与否。对于人生中每个曾经帮助过自己的人，我们都会在心里记得清楚。对于那些在自己最脆弱的时候伸出手来的人，我们也会始终感恩。如果谁对我们好，我们也一定会爱护他。如果我们对他人好，未来他人也会对我们好。

人总是需要角色转换来体会他人的感受。善意总是类似的，而恶行却各有各的样子。每个人都有无意识伤害他人的可能性。自己看起来很小的事情，却可能给他人带来很大伤害。人需要换位思考，需要角色互换。

我们喜欢帮助他人，就是给自己累积朋友，周围都是帮助自己的人，人生道路就会平坦。我们喜欢伤害他人，就是给自己到处树敌，周围都是怨恨自己的人，人生道路就不会坦荡。人和人的相处是相互的，你如何对待别人，别人也会如何对待你。人都是将心比心，谁对自己好，谁对自己差，都会分得清楚。当初你对别人施加的痛苦，别人即使现在无力反抗，但是会始终记在心里。等到别人占据优势地位的时候，就会想着回击。从上述分析可知，伤害他人必然导致怨恨，这种怨恨会引发受害者未来的报复。因此，最好不要去伤害他人。

第三节　运行机制

行为与结果的机制公正地执行着，没有人可以逃脱。在此部分，我们从三个方面来阐释它的来源。

首先，行为与结果源于一切平等。在无限时间里，没有谁会比别人多出什么或者少出什么，没有人能够高于其他人或者低于其他人，所有人都是平等的。人与人的不同其实就是视角的不同。生活中有不同类型的角色，在无限的时间中，每个人都会将电影中的所有角色全部体验一遍。例如，有殴打方和弱势方两个角度，我现在是殴打方，伤害了对方的身体，很快形势完全颠倒，我成为弱势方，被殴打方弄得遍体鳞伤。

其次，行为与结果源于人们的角色互换。施动者对受动者产生力的作用，但是他不懂得这种力对受动者产生怎样的影响。他无法体会受动者的想法。只有通过角色互换，他从施动者变为受动者，才能够明白对方的感受。经由角色互换，人们会体会对方的心情，站在对方角度体验自我行为给对方造成的伤害。

行为与结果的精髓就是双方位置的互换。生活中的体验就是为了使得人们明白自我行为对他人会造成怎样的作用。平时生活中，别人向我寻求帮助，我用自己很忙的理由推辞，这样的行为对于我而言没有影响，自己不会有情绪上的起伏。但是如果我去寻求别人的帮助，对方用各种理由推辞，那么我就会感受到人情的冷暖。只有此时，我才明白自己曾经的行为给别人造成了多大的影响。人们在伤害他人时，因为没有发生在自己身上，因此不会对他人的痛苦产生怜悯心。只有进行角色互换，方能够体会自我行为带给他人的痛楚。

最后，行为与结果源于力的相互性。我对外界做什么，外界同时会对我做什么。力的作用是相互的，我对外界的作用力会精准返回到我自己身上，作用力始终等于反作用力。我善待他人，其实就是在善待自己。

从以上三个方面的分析可以看出，行为与结果的执行非常精准。但是，结果显现的时间却可能是不定的。过去的行为导致现在的结果，现在的行为导致未来的结果，人不能够把现在的结果和现在的行为挂钩。幸福可能会阻碍人的进步，但是苦难会带来反思，幸福与苦难都在相互转化中。

日常生活中，人们如果不思考自我行为带来的后果，就不会对自我行为有所约束。但是，如果人们认识到行为与结果的作用机制，那么做事情的时候就会三思而后行。人们会自觉地在生活中累积自己的知识，追求智慧的增长。人们会在生活中善待他人，把坏的人际关系转变为好的人际关系，避免伤害他人行为的发生。

因此，如果行为与结果的思想渗透到人们的脑海中，人们就会对自我行为负责。人们在采取某种方式对待别人前，需要站在对方角度考虑，思考如果自己被如此对待会如何。每个人只要审视自己现在做了什么，就能够知道自己的未来境遇。

第六章

两性相处

现实生活中，两性间相处的时间最长。两性的和谐程度直接影响到人们的身心健康。人们只有处理好两性间的关系，方能够更好地懂得爱的真谛。

第一节　恋爱的类型

现实中，恋爱的人们或者是同学，或者是参加聚会相识，或者是工作中结识，或者是旅行途中相识，或者是朋友介绍。有的是一见钟情，有的是日久生情。

恋爱的开始是怎样的呢？空气中充满了甜蜜的味道，沐浴在爱河中的人浑身都发着光。恋爱期间丧失理性，无法控制自己的行为，没有心思去做任何事情。眼神始终在对方身上，看到对方就想笑，肢体不自觉地接触。一段时间不见面，就停止不住想念，闭上眼睛全都是对方的模样。特别是灵魂伴侣，只看一眼就懂得对方在想什么。沉浸在爱情中的人是生动的，陷进真爱的人会感受到灵魂上的喜悦。古往今来，各种艺术作品都将爱情作为主题，吸引了众多的观众。

　　恋爱的开端总是甜蜜的，但是热恋期的兴奋感却可能持续不了很久。无论是新鲜感还是兴奋感，在时间流逝中终究会消失。很多人前期的相爱是真的，后期的相互嫌弃也是真的。两个人一见钟情，爱得浓烈，但是仅仅一年后就已经表现出挑剔，变得不耐烦，双方的矛盾开始显现。

　　爱情同样遵循生老病死的发展规律，爱情的消散是无法避免的。恋爱开始时，人们可能喜欢一个人的长相，喜欢一个人的智商，喜欢一个人的才华，喜欢一个人的气质，喜欢一个人的自我，喜欢一个人的开朗。但是，喜欢是有条件的，终究是会消失的。情侣间分手可能只是因为感觉变了，遇上更喜欢的人，就舍弃掉原有的爱人。

　　爱情是会消失的，从前期的热恋到后期的平淡，感觉的消散，新鲜感的消亡，空间距离的阻碍，双方沟通的缺乏，各种误会的产生。时间会吞噬一切，也会吞噬掉那些奋不顾身的爱，最终导致两人的分开。即使是看客们也会惋惜感叹，相爱的两个人为何无法最终走到一起。分手的时候感到撕心裂肺的痛，颓废地生活。特别是失去真爱的人就像是抽干了生命，失去眼中的光。

生活中，情侣间的关系有好有坏。有的人能够和深爱的人走进婚姻的殿堂，有的人却和自己深爱的人错过。情侣间分手的原因多种多样。有的情侣相处中存在很多分歧，最终两人无法走下去。有的情侣本来感情稳定，但是一方遇上更喜欢的人，导致两人分手。有的情侣异地恋多年，双方感情难以维系而分手。有的情侣遭到父母反对，结果只能遗憾分手。有的情侣恋爱初期感情浓烈，但是新鲜感一过，自然而然就走向分手的结局。有的情侣因为双方差距大而选择分手。

人生中，我们喜欢过某些人，但是他们只和我们相处了一段日子就分离，彼此各奔东西，从此再也没见过。有的人，你和他在一起，轰轰烈烈，爱得很深，也许是一年、两年甚至是七年，你觉得没有他无法生活，可是却仍旧没能在一起，不知道为什么，因为一些原因就分开了。而后你就遇到了这个人，你可能起初对他没有什么特别感受，可是你们很顺利地结了婚，成了相守一辈子的夫妻。因此，我们需要更加豁达地看待爱情，两个人相遇，应该珍惜这次相处的机会。但是当我们相处之后，不再合适，那么就要放开彼此，祝福彼此，去找寻其他人，和其他人相处。

第二节 婚姻的类型

夫妻间认识的方式多种多样。有的人上学期间恋爱，爱情长跑多年，工作后走进婚姻的殿堂。有的人是同一个工作单位的同事，工作期间相知相爱。有的人通过朋友介绍，很快结婚生子。有的人是因为偶然的机会相识，慢慢地了解对方，最终结婚生子。

夫妻的模式存在很大差异。有的人是一见钟情，有的人是日久生情。有的夫妻属于相似型，有的夫妻属于互补型。生活中，夫妻间的关系有好有坏，有长有短，有深有浅，可以分为四种类型。第一种是亲密型，或者甜蜜无间，或者有共同理想，或者共渡难关。第二种是平稳型，夫妻双方有物质保障，有孩子的牵绊，能够平淡度过此生。第三种是脆弱型，夫妻关系不稳定，或者因为差距，或者是因为背叛，或者因为苦难，或者因为分居两地，随时可能会分离。第四种是怨恨型。夫妻两人相处，或者冷淡，或者争吵，或者抛弃，或者消耗。

婚姻和恋爱是不同的，婚姻是利益共同体，意味着沉重的责任。而恋爱相对轻松，不需要考虑未来，更多的是不计后果，没有负担。伴侣之间都是对等的时候才能维系在一起，不是一个格局层次的人，很难长久在一起。如果两个人境界差距越来越大，那么就会分离。

第三节　相处准则

现在的婚姻爱情模式呈现给我们的是过去行为的结果，但是未来怎样取决于我们现在面对婚姻爱情的态度。我们需要善待他人，降低婚姻中的相互伤害，从而为未来累积幸福。

一、忠　诚

两性相处中最关键的一点是男女双方忠贞于彼此。爱情导致的悲剧不计其数，引发此类事件最普遍的一个因素就是出轨。夫妻情侣相处过程中，最伤害感情的因素莫过于背叛。出轨者在伤害他人的同时，其实为自己的婚姻爱情埋下了悲剧的伏笔。

夫妻相处中，我们总是面对同一个人，会有厌倦的时候，想要新鲜感。但是感觉只是突如其来的情绪，如同潮水般很快退去。如同我们刚听到某首歌的时候，觉得这首歌很好听，经常单曲循环，沉浸在歌曲的旋律中，感觉无比快乐，可是持续听一段时间就会厌倦。

感情的一大难题是新鲜感的消灭，此时需要找到方法克服，它只是众多爱情难题中的一项。不管两人发生了什么问题，都要选择坚持，将这个问题当成是考验。感觉只是短暂的迷药，若臣服于迷药造就的身体反应，就是受一时情绪驱动。欲望属于身体层面的荷尔蒙分泌，感觉是善变的化学反应，唯有感情才是长久的精神产物。

人不该受到感觉的支配，它属于爱情的表面层次。浅薄的感觉与深厚的感情是无法相比的。喜欢上某个人很正常，对某个人产生特别的感觉也很正常，但是爱却只有一个。对于那个人，你们有深厚的感情，只有独一无二的他才是你的爱人。对于有好感的异性，需要保持适当距离。

因此，婚姻爱情中，不可以跟随感觉而走，而是需要克制自己，始终在心中保持对另一半的忠贞。如若夫妻双方能够自觉做到忠诚，那么互相信任也就自然建立起来。

二、付出与收获

美好的爱情应该是付出和索取的平衡，是自利和利他的结合。在爱情中，一味的付出和索取都是不好的。付出和索取的平衡是爱情保鲜的关键。努力去爱人，同时享受他人的爱，爱才会发挥积极能量。

男女双方应该保持互爱的关系，没有谁是特权方。天性导致爱的方式不同，但是却没有理由不付出。只要检验自己的真心程度，就会看到别人对自己的真心程度。只有如此，爱的回流才会源源不断，才不会枯竭，这是使得爱持久的唯一方式。

爱情中，经常出现的一种情况是，一方一味地付出。如果一方过于无微不至地照顾另一方，一方过于限制另一方的自由，一方过于频繁地联系另一方，都会让另一方产生厌烦感。正如距离产生美，凡事不要做得太过，爱情关键是要松紧结合，保留自我。任何一方一味地忍让或一味地纵容，都不是良好的爱情模式。

现实生活中，有的人在爱情中做出牺牲，最后却被对方辜负。其中的原因有两个：一方面，付出很多就会抱怨，如果总是处于怨恨的状态中，对方从他身上感受到的就是负面情绪，就会想要远离。不爱自己却只爱别人，夹杂着委屈，不是心甘情愿，这种爱的付出就会带有攻击性，接受的人会感觉到不适。

另一方面，付出很多导致对方在其身上无法找到被需要感。两性相处中表现得坚强，自己扛起痛苦，看似是为对方降低负担，实际上无法引起对方的爱。人在被需要中感受到自我价值，在给对方解决问题中感受到生命的激情。付出爱能够给予人生存的动力，带给人更强的存在感。因此，适当接收他人的付出同样是对他人的尊重。爱不仅需要牺牲，而且需要索取，在爱的互动中彼此享受。

爱情中，经常会出现的另外一种情况是，一方一味地接受付出。世界上不存在只收获却不耕耘的情况，这个道理同样适用于男女二人。不管是女性还是男性，都不例外。我体谅你照顾家庭的艰辛，你体谅我工作的辛苦。没有付出怎会有真心的回报，希望别人有怎样的付出自己就要做到怎样的付出。

因此，男女间想要降低悲剧，关键在于双方都要懂得付出，适当地回馈。唯一使得爱持久的方法是双向交流，在获取对方付出的同时自己向对方付出。在索取的同时继续付出，才能收获源源不断的回报。

三、各司其职

两性平等，是由于角色不同，负责的部分不同。男人是主动方，代表阳刚，女人是被动方，代表阴柔。两性最和谐的相处方式是男性演绎好自己的角色，女性演绎好自己的角色。两性相处就是一个互动的过程，在相处中懂得彼此。

两性只要以和谐之道对待对方，就会促进彼此的成长。爱会激发出无限的能量，使得双方变得更美好。遇到男性前，女性的角色没有开发出来。但是当女性和男性在一起，她专属女性的特征就会开始显现。对于男性亦是如此，遇到女性后，他就会开始让自己变得强大。因此，人们在与自身相反事物的相处中，对自我的认识会变得更加清晰。

家和万事兴，家庭是社会的细胞，只有家庭和谐，社会整体才会和谐。两性关系中，最重要的是两性各司其职。男性负责好自己的角色，尽到父亲和丈夫的责任；女性扮演好自己的角色，尽到母亲和妻子的责任。双方共同努力工作，从物质和精神上促进家庭的和谐运转。

　　一个人可以工作能力强，却与家庭角色毫无关系。在家庭中，只有丈夫和父亲的角色，只有妻子和母亲的角色。因此，对于男性和女性而言，即使工作很有能力，在家庭中都需要脱去外面的光环，回归到最基本的家庭角色。只有如此，才能够收获幸福的家庭。

四、女性独立

　　整体分为理性和感性两个方面。男性是理性的部分，女性是感性的部分。男性坚强理智，女性温柔慈爱。但是，男性的一大课题是学习女性的感性，女性的一大课题是学习男性的理性。如果想要完善自我，获得更大的成长，就要学习反方的优点。

　　女性是感性的，更容易陷进爱情，但是需要培养自己独立的意识。① 女性需要有自己的空间，需要有自己的事业，需要有自己的爱好。工作能够带来热情，这种热情丝毫不比爱情所带来的热情差。这个工作告诉你，你就是独一无二的自己，谁也无权改变。②

　　只有不断完善自我和强大自我，才是最安全的道路。世界的本质是变化，想要依赖他人，将人生目标建立在某个特定人身上带来的必然是不安感。你必须要有坚定的自我，不去依附

---

① 成红舞. 从他者到自我：波伏瓦他者理论研究［M］. 北京：中国社会科学出版社，2016：191.

② 西蒙娜·德·波伏瓦. 第二性 Ⅱ［M］. 郑克鲁，译. 上海：上海译文出版社，2021：545.

于任何人。真正的爱是独立后的爱，是强大后的流淌，是自我充盈后的付出。

一个人应该有生存在这个世界上的能力。只有自己有能力，才能够去爱人。女性自身没有力量，需要依存于男性生活，此时的爱就多了一份生存动机，掺杂了谄媚和功利。自身强大后，就不会为了物质跟对方在一起，就不会为了感动和对方在一起，就不会为了克服孤单感而选择对方，就不会卑微地去讨好对方，就不会在遭到伤害后委曲求全。

对于女性而言，过于柔弱不行，就会没有自己的事业；但是过于强势也不行，那就会把伴侣压得喘不过气。强大不是强势，不是去做忽视家庭的女强人，而是拥有自我独立的人格。虽然自身很强大，但是依旧是感性的女人，懂爱也敢爱。

第四节　真　爱

每个人对于爱情这个命题都有不同的理解。有的人喜欢外表美的，有的喜欢品质好的，有的人喜欢有才华的。但是，建立在此类变化事物上的爱情是很善变的。如若男性因为女性长相美丽爱上她，可是等到十年后她不再青春，那么爱情就会消失。爱情夹杂着荷尔蒙的影响，一旦荷尔蒙褪去，曾经对爱人设置的滤镜瞬间消失，变为现实。

　　唯有建立在更为长久事物上的爱情才会长久。这类的事物与物质无关，与外表无关，与地位无关，与性格无关，与才能无关，与任何善变易逝的事物无关。他不会因为你财富降低就不爱你，不会因为你外表改变就不爱你。纵然环境再变，他的爱始终不变。因此，爱情萌发于感觉，但是如若想要长久，必须转化为更为稳定的形式。当两个人结婚，经历了柴米油盐的琐碎生活，就会慢慢发现，曾经羡慕的轰轰烈烈的华丽爱情都是空谈，喜欢必须转化为爱，方能长久。

一、爱的本质

　　人们可以瞬间喜欢某个人，可以瞬间对某个人产生特殊的感觉，可以在半年时间里对某个人念念不忘。但是这都是懵懂的情思，无法支撑岁月长河的考验。爱是种沉重的东西，两个人相爱是一种相守，不管他从美丽变为丑陋，不管他从有钱变为没钱，你都爱着他。爱需要时间的积累，只有经历足够多的困难，才算是达到相对圆满。瞬间有感觉和相守六十年无可比性，就像是羽毛的轻飘与大山的沉重，这就是喜欢与爱的区别。

　　真正的爱是平淡的，是细水长流的，更多的是散发着苦味的清茶，没有太多华丽绚烂的东西。它如土地般厚重，它意味着责任，包容对方的错误，一起越过各种困难。它就像是登一座陡峭的山峰，更像是蚌痛苦地磨砺沙的过程。它与放纵的虚假享乐不同，与温室的花朵不同，与轻飘的羽毛不同。它因过程的艰难而收获沉甸甸的幸福。

真爱隐藏在生活的点点滴滴中，如同空气一样无法割舍。真爱是无言的，是朴实无华的。真爱是对方遇到困难时的坚守，是对方落魄时的陪伴，是对方脆弱时的帮助，是对方泄气时的加油，是对方生病时的照顾。两性相处中，最大的考验就是我们在伴侣脆弱时的表现。

所以，爱的最高境界是相濡以沫和长相厮守。夫妻多年相处中积累了深厚的感情，两个人都应该珍惜。两个人始终牵着手走着，直到头发花白依然可以一起坐在椅子上看夕阳西下。

二、爱的坚守

婚姻爱情中，我们总是会遇到各种问题，困难是在考验我们的耐心，而坚持才能够到达最后的胜利。如果想要成就一辈子的爱情，那么就要克服路途中每个困难。在爱情中，容易做到的是遇到坎坷就选择放弃，难以做到的是始终坚持对这段爱情的信念，不论遇到怎样的问题都不放弃。

通常爱情的阶段包括：第一阶段：热恋期，第二阶段，感觉变淡，第三阶段，各种问题显现，第四阶段，感情稳定期。但是有多少人能够走过第二、三阶段呢，太多人偏爱第一阶段恋爱的新鲜感。一旦开始进入第二阶段，遭遇苦痛，就选择退缩。例如，一个人在婚姻爱情中遇到困难就放弃，第一段爱情持续一年，第二段爱情持续五个月，第三段爱情持续两年。他对于每段爱情都是浅尝辄止，没有一段能够走到最远处。即使选择了其他人，对比就会产生，同样的问题还会重复一遍。

我们可以在爱上一个人后就在心里珍藏这一个人，不管双方之间有什么问题，都要努力克服。人们往往在爱情岌岌可危的时候，选择了分手，却不知只要两个人再坚持，爱情仍旧可以继续，而这一困难的考验也为爱情增加了金子般的重量。

于是，不同阶段遇到问题的时候，需要尽量找到解决问题的方法。在第二阶段的感觉变淡期，要懂得感觉不是维持两个人关系的唯一，必然要转化为其他的感情形式。在第三阶段的问题显现期，性格不合，可以慢慢磨合；父母极力阻拦，使用各种方式来劝解父母；第三者破坏，将其当成考验，选择尽力修复；一方遭遇重大挫折，另一方不离不弃。经过各种问题的考验，两个人的感情才会更上一层。

经历过风雨的爱情才会变得很深，才会如陈年老酒愈久愈纯，才会如打磨的水晶愈久愈洁净。我们怀揣着对于美好爱情的向往，克服种种困难，才能够经营一份理想的爱情。

第七章

怨恨与宽容

生活中，面对来自外界的伤害，我们可以有三种反应。第一种是别人伤害我，我也伤害他。第二种是别人伤害我，我不去反应。第三种是别人伤害我，我选择宽容。这三种方式是依次递进的。

第一节　怨　恨

日常生活中，每个人都遇到过他人的伤害，心里会产生怨恨。只要想起自己曾经遭受的痛苦，就会感觉无法忍受。大部分人都了解宽容的好处，但是很多时候就是无法做到。宽容不是简单的一句话，很多人可能穷尽一生都无法从怨恨中走出来。

世界上有感同身受吗？没有。真实的痛苦没有落到自己身上就不会反思。一个人总是不回复他人，他无法了解这种行为会给他人带来怎样的伤害，直到他去联系别人，别人也不给他回复的时候。伤害者曾经给他人带来怎样的伤害，自己是无法体会的。只有当伤害者与受害者的角色互换，人们才会明白自我行为的错误性。

人在遭到他人伤害时需要给予回应，如果他人得不到你的负面反馈，可能会继续触碰你的底线。每个人都是理性的动物，做出选择的时候都会衡量好处与坏处。当他发现自己做错事情总能得到对方的原谅，就不会感到害怕，没有害怕就没有行为的约束。因此，坚持善待他人的原则，但是对于他人的伤害需要有所反应，使得对方知道自己行为的后果。

第二节　拒绝反应

日常生活中，对于伤害我的人，当我做不到原谅时，我就选择不去反应，只默默提高自己的能力。

一、不与外界相似

对于他人的伤害，我不去宽容，但是也不去反应。报复虽然会使得对方品尝到后果，但是也使得我成为和对方同样的人。因此，我选择不和对方一样，坚持自我的行为准则，看着自己和对方的差距不断变大。人总是有这样奇怪的心理，仿佛自己不去铭记别人对自己的伤害，别人就会逃脱后果，其实并非如此。我遭到不公正的待遇，我可以去法院起诉，法官会给予公正的裁决。

别人伤害我，只是在我的皮肤上划了小伤，但是如果我选择回击，那么我就是学习他的行为，他就是对我造成了致命伤害，从内部攻克了我，我的身体很快就会倒塌。人在回击的过程中，会成为伤害自己的人的模样。两只鸟站在一起，一只羽毛洁白，另一只羽毛乌黑。洁白羽毛的不坚持自己的纯洁，反而学习乌黑羽毛的行为，将自己的羽毛染成了黑颜色。

他人可以伤害我，却改变不了我的想法。我可以变得坚强，活得更纯洁善良，那么他就会失败。但是，如果我选择回击，将自己染上品质的污点，那么他就是实现了对我的侵占。我变成和他一样的人，这种影响比他伤害我造成的痛苦要严重得多。自己的精力完全被伤害我的人占据，不自觉地模仿他，行为习惯不断向他靠拢，我就不知不觉变成和他一样的人。如果选择不怨恨，我就有时间学习，接触爱自己的人，生活变得阳光。为了我自己的利益，我只能够抑制住自己的怨恨。

人有无数种办法回击伤害自己的人，但是过好自己的生活才是真的。面对他人对我的伤害，如果我不去反应，伤害就会返回到他自己身上。我要过得更好，当我们差距很大的时候，我就自然而然不再产生回击的想法。

二、我始终善待他人

我怎样对待外界，外界就会怎样对待我。只有我是施动方，外界只是呈现给我曾经行为的结果，别人对我发射箭是由于我曾经对别人发射箭所导致的。重要的不是别人怎么做，而是我怎么反应。于是，不管外界怎样，我始终善待外界，就会生活在平静安详中，因为未来等待我的是正面反馈。

生活中，我们会受到各种打击，但是依旧需要用纯洁善良来对待外界。我将来怎样只取决于我现在怎么做。我真诚善良，自然会吸引来同类的人们，不相符的人们会慢慢地消失在我的世界里。有的人和低素质的人相处，对方欺负他，他选择宽容对方。对比两人的处事方式，高下立判，对比两者的格局，差距悬殊。两者的人生走势变得完全不同，他脱离了与自己内心不符的环境，而对方始终待在原有的环境中。

人最终到达的人生高度取决于格局。对于素质高的人而言，真正的朋友是利他的人们。即使自私的人环绕在他周围，也只是暂时的。只要他始终坚持自己的行为准则，未来真正的朋友就会出现。但是，部分高素质的人选择学习低素质的人的行为模式。当敌军将城池重重包围的时候，大多数人无法做到固守城池，无法坚持到最后一刻，而是很快出城投降，在大军压境的心理压力下妥协。大多数人走进风气不好的环境中，就在环境浑水的包围下支撑不住，将环境的浑水引进，污染了内部的清洁。

人与人交往中，需要坚持自我的行为准则。人需要保持清醒，时刻维持自己的行为准则，坚持善待他人，才能够从低层次环境中走出来。

第三节　怨恨的无济于事

怨恨从来不可能真正解决问题，唯有宽容才是永远的真理。作用力与反作用力是相等的，我对外界的动作都会精准地返回到我自己身上，丝毫不差。我回击了其他人，得到暂时的优势，但是将来我肯定会为自己的行为承担后果。在无尽的时间中，伤害和被伤害是完全均等的。这个道理同样适用于国家，战争就像是两个人打架，这种方式从来都无法真正解决问题。只有坐下来心平气和地站在对方的角度考虑，相互理解包容，这个循环才会消失，爱的反馈机制才会在两个国家间启动。

现实生活中，循环始终在发生着。你不帮我，我不帮你。你打我，我打你。这个循环会用怨恨程度逐步加深的方式进行下去。直到有一天，我不再选择以"我打你"来反应，而是以"我对你好"来反应，那么这个循环的链条才会断裂，变为良性循环。

他朝着你射了一箭，你可以有两种反应：宽容和报复，两种反应会造成完全不同的后果。

第一种，他射了你一箭，你也射了他一箭，接着他又射了你一箭，最后两败俱伤。第二种，你选择原谅，包容了这一箭，对他发射爱的光芒，然后你会发现，你同样得到了他发射的爱的光芒。只有你选择不再继续这个循环，这个循环的链条才会断裂。因此，想要打破此类循环，唯有宽容是最好的办法。

两个人出现矛盾，双方都紧绷着脸，但是只要一方率先微笑，对方就会微笑。不管曾经的仇恨在内心积压多大，一旦爱降临，它就如同肥皂泡一样瞬间蒸发。以暴制暴从来无法解决问题，只有宽容可以。当今世界，国与国间的芥蒂越来越深，隔阂越积越重，两国间存在冲突，唯一打破这个魔咒的方式是双方选择宽容。

只要我有怨恨的执着，那么点就会打开，变为虚线的圈，无尽头地循环。只有当我选择原谅对方，圈才会闭合。宽容的能量大于怨恨的能量，人们内心真正渴望的是爱。只有宽容才是结束这个循环的关键。

第四节　以德报怨

根据前面所述，怨恨、不去反应和以德报怨，这是人类对于伤害的三种依次递进的处理方式。但是，唯有以德报怨是真正抓到本质。对于他人的伤害采取宽容的态度，是最为有效的化解方式。

一、宽容是放过自己

真正的谅解源于自我与外界的一体性。我攻击他人，其实就是攻击自己，会导致自我的损害。两个人绝交多年后相见握手的那一刻，内心感受到的就是人与人间的冰释前嫌。这是深藏在人类内心深处的潜意识，我与你是一体的，我们都是一家人，家人无论如何争斗，都是有血缘关系的。

对于别人对我曾经的伤害，每次回忆起来都会难过。就像是我身旁有盆仙人掌，明知道触摸它，自己会疼痛，我却反复触碰它。回忆就在那儿，我是否想起它，都取决于我自己的选择。因此，我没必要想起往事来刺痛自己。别人做了错事，我始终耿耿于怀，那么我就是把自己囚禁在黑暗中备受折磨。生活在怨恨中的人充满负面情绪，内心的恨意不会对他人产生影响，反而会返回自己身上，毁掉自己本该阳光明媚的生活。仇恨如同一所监狱，把自己锁在了里面。但是如果选择原谅，锁就能够自动打开，自己变得轻松自由。

因此，宽容他人是为了自己，和他人的矛盾消失，内心的负面情绪消失，带来的就是健康的身体和美好的心情。宽容他人其实是宽容自己，解放自己，将自己从负能量中解脱出来，让自己保持幸福快乐。

二、宽容源于接纳

宽容源于对人类缺点的理解。每个人都有自身无法克服的缺陷。当我们懂得每个人都有性格缺点时，就不会用完美标准去要求他人。其实，我们自己身上同样具有性格缺陷，我们对他人的要求可能自己都无法做到。

宽容来源于懂得他人的行为动机。每个人都从自我角度出发做事情，都有自我的角色需要出演。我们可以尝试去理解他人，明白他们行为的原因。站在他人的角度来考虑问题，他的行为就会具有合理性。我们要学着接纳人都是从自我角度出发做出理性选择，接受凡事都有前因后果，接纳所谓的好与坏只是自然平衡机制的表现形式。

他人是与我不同的个体，价值观不同，行事风格不同。但是，和我不同，不代表他不合理。我具有片面的思维模式，试图将自我意识延伸到外界就是不可能的事情。对于无法理解的事物，不要去争论，而是学会接纳。当我们能够接纳他人与自我的不同，就会变得更加宽容。

三、宽容源于自我提高

宽容他人的关键是自身的提高。我的精力是有限的，我需要把时间放在自己身上，丰富自己，去看广阔的世界。当我处于困境的时候，容易对他人产生怨恨。但是当我能力提高的时候，我就不会在意对方，就容易原谅对方。

　　宽容是自我提高后自然而然的表现。当自我强大后，双方处于完全不同的地位，早已不想去计较。当我体积小的时候，他人射出的箭能够刺穿我的心脏，但是当我变成巨人时，他人的伤害就会变成扎到手指的小刺，没有任何感觉。

　　宽容能够使对方看清楚自我的错误。如果别人打了我，我选择回击，他不会感觉到恐惧，因为他发现我和他是同样的人。但是如果我对他宽容微笑，他会惶恐心虚，他的力遭遇到弹力壁，被弹回到自己身上。当我微笑时，攻击者就会害怕，我是散发着极强光芒，他却散发着微弱的光。在我面前，他显得如此昏暗微弱，没有气势，瞬间败下阵来。使用暴力的人都是期待对方能够回击，这样他就可以肆无忌惮地与对方斗争。但是如果对方不反抗，他会感到害怕，他在对方的眼睛中看到了自己使用暴力的错误性。

　　因此，人做到宽容的关键是自我的提高。当我自身变得强大后，对方伤害我，我不会跟他计较。我要保持自己大的格局，宽容对方的行为。

第八章

随思杂想

第一节　真　实

　　每个人都是既有优点也有缺点。每个人都是复杂体，既有黑暗面，也有光明面。很多时候人类的行为都是从自我角度出发做出的理性选择。好与坏也只是这个庞大系统平衡机制的表现形式。如果选择看电影，我们会选择看理想主义的电影吗？人物角色平面，纯粹的好人，纯粹的坏人，泾渭分明的善恶。一个架空的世界，看起来都是毫无吸引力，剧情平淡。真正让人欲罢不能的是现实主义文学，只有这样的人物才是立体的。

　　人最好的状态是什么，是一种自然，是一种真实。什么是真实？真实就是承认自我和他人身上都带有人性的缺陷。但是，很多时候，人会选择向他人掩饰真实的自我，甚至自欺欺人。有的人表面上说着各种道理，实际上却做着伤害他人的事情。有的人表面上祝福他人，转头却在背后议论对方，显示出强烈的嫉妒心。有的人表面上说得好，实际上却什么忙都不帮。有的人表面上对物质毫不在乎，其实做事情的目的无比功利化。

同样，电影中什么样的角色最得大家喜欢？就是足够真实，足够放松。真实地表现自己对金钱的渴望，真实地表现自己的不喜欢，真实地表现拒绝。而不够放松的角色总充斥着别扭，虽然渴求金钱却要表现得无欲无求，虽然讨厌某个人却要表现大度，虽然不想要做某件事情却满口答应。

我不够大度，我没有那么愿意付出，这些都是我真实的心态，这都是我真实的道德水准。我做不到那么利他，那就去承认这一点。为自己设置一个高的道德水准，却表现不出该有的样子，与自己实际的水平严重不符合，就会陷进深深的内耗。

人必须要对自己真实。有的人努力做一个好人，虽然行动善，但是意识不善，内外不符会反而带来纠结。我对某件事感到愤怒，这是我的正常情绪。我没有那么完美，那么就去接纳真实的自己。但是如果给自己塑造一个完美的外在形象，压抑自己的真实情绪，就会陷进内耗。我宁愿做一个真实的人，表现出自己真正的利他水平，生活在适合自己的环境中。

第二节 过 度

人在经历一段时间的忙碌后，就让自己稍作休息一段时间。如同匆匆赶路时，累的时候就在路边休息一阵子，这相当于给自己充电。有的人过度消耗自己，将自己全部的精力用在了5年的工作时间里，熬夜加班，没有时间休息，结果身体出现问题。因此，人要适度地花费自身的精力，经常休整自我，进行充电。

中庸的思想能够带给人长久的生存之道。体重上，过度肥胖不好，过度消瘦也不好。饮食上，过度吃肉不好，过度素食也不好。爱情上，过度爱对方会让对方窒息，过度不关心对方，感情会越变越淡。工作上，过度劳累不好，过度懒惰也不好。欲望上，没有欲望会没有动力，过度欲望会带来负面影响。女性成长上，过于柔弱不行，依附他人，过于强势也不行，会让伴侣感到压抑。养育子女上，过度管制不好，同时过度散养也不好。夫妻情侣相处中，向对方过度付出，向对方过度索取，带来的都是不平衡的关系。

人类需要遵循事物的发展规律来行动。植物的生长，从发芽到开花需要五个月，那么就不要强迫它加速生长。当累积足够的时间，人就能够自然而然地提高。很多时候，人们看不到自己的真实水平，高估自我的能力，非要闯进不适合自我的世界。有的人工作能力低，但是却总要和工作能力高的人聚集在一起。有的人工资薪酬低，但是却要住在生活压力很大的城市。这充斥着一种别扭，强制自己去做不适合的事情。每个人都有属于自己的道路，应该待在适合自己的环境里。

第三节　讨　好

现实生活中，很多人属于讨好型人格。具体的表现是，害怕与他人起冲突，害怕麻烦别人，害怕别人生气，害怕别人不喜欢自己。因此，跟别人交流的时候，尽力地去迎合别人，隐藏自己的真实情绪，给别人提供很高的情绪价值，结果自己很疲惫。习惯倾听别人的想法，但是忽视自己的意见。对于别人提出的要求，不敢去拒绝。害怕别人麻烦，宁愿委屈自己，也不会提要求，不敢表达自己的意见。别人对自己不满意，就会胡思乱想，反思自己是不是惹别人不开心。与讨厌的人相处过程中，即使很不喜欢对方，即使对方做的事情触碰自我底线，都只选择一味忍受，不愿意与他人发生冲突。

相反，有的人性格和讨好型完全相反，对于他人提出的要求，能够勇敢地说不。他在拒绝对方的时候，拒绝得干脆果断，坦然得天经地义。他不在乎他人的看法和评价，坚定不移地信任自己，这种自我是讨好型人格不敢而又渴望的。

讨好源于不敢表现真实的自我，期望打造一个好人的人设来获得他人的认可。他害怕表现出真实的自我会导致他人的厌烦，会导致人际关系的冲突。他选择牺牲自我的感受，顺从他人的意志来获取短暂的和谐关系。他隐藏真实的自我，甚至欺骗了自己。对于这类人而言，承认自己没有那么好是很难的。人需要自爱，先自爱再去爱人，爱他人是多余能量的流淌。人需要先顾及自我感受，再去考虑他人。如果一个人足够爱自己，那么就会对自己有信心，就会有勇气表现真实的自己。

讨好源于不懂得欣赏自我。人需要看清楚自己的优点，看到自我独特的地方，找到自我的天赋。这个世界中，关键是活出自我。很多人没有内寻，迷失在外界评价中，不懂得自我到底是怎样的。我要的是什么样的生活，我喜欢什么类型的人，我喜欢什么工作，我的理想是什么，我与他人不同的地方是什么。我走在属于自己的道路上，这与他人的道路都是不同的。我拥有自己的闪光点，我身上独特的天赋是你不具备的。我有你没有的东西，我有你做不到的方面。一旦开始真正地欣赏自我，就不会出现自卑讨好这种事情。

讨好源于在意他人的评价。我看清楚自我的优缺点，无条件地爱自我，坚持自我的想法，不受他人评价的影响。为何我要强求自己去迎合别人的脚步。每个人都有自己的活法，都有自己的行程。内心的快乐、内心的踏实感、内心的安全感、内心的充足都是自我的感受，都是发生在自我身上，他人无法代替自我去体会。每天和自己相处的是自我，身体的健康与否，心里的快乐与否，都是自我最直观的感受。为了外界的压力，为了满足外界的看法，强迫自己做不喜欢的事情，表面迎合了外界，但是却以自己的身心痛苦为代价。

同时，人必须承认一点，大部分人其实对你毫不在乎。别人都在忙于自己的各种事情，不会对你的生活产生很大的兴趣，只会拿出很少的精力来关注你的世界。即使是对你的生活给予评价，也只是他闲暇生活下的小小观察而已，没有付出很深的思考。而且他作为旁观者，了解不到真正的事实，基于很少的证据做出的评价怎么可能让人信服。我为何要为不在乎我的人的看法更改自己的人生决定。时时刻刻和我相处的人是我，而不是对方。因此，我做决定都要以自我的感受为准，自己是否觉得舒服。

第四节　爱的复杂性

爱的课程是非常复杂的。接受他人的付出其实也是一种爱他人的表现，给予他人价值感，给予他人提高自我的机会。父母从小溺爱孩子，孩子在温室环境长大，结果遭遇挫折后很难挺过去。一个人去帮助他人，可能不是真心实意地帮助他，而是为了满足自己的虚荣心。同时，利他程度与人的能量高低存在对应的关系。

健康的爱，是自我的心甘情愿。人超越自我能量去过度付出，就是不健康的爱，带来的就是负面情绪。对于能量高的人而言，自身的能量已经满溢出来，必须付出给他人。对于他而言，爱的付出是自愿的，同时也是自私的。对于能量低的人而言，付出和牺牲可能会带来委屈，自己感觉很痛苦。如果有此种反应，那么就要明白，自己尚未达到牺牲自我的程度。人付出的爱需要让自我的身心处于舒服的状态。

有的人利他是自然的表达，内心会感觉到幸福。母亲向子女付出是她乐意的，她感觉到了快乐，感觉到了价值感。有的人照顾自我的感受，专注于爱自己，他感到很开心，这是符合他内心感受的行为。真正痛苦的是，虽然去利他付出，却并不开心，只感觉到委屈。对于此类人而言，虽然在付出，却不是心甘情愿的。如果在向他人付出的过程中得不到快乐的感觉，那么就需要及时收回。

真正的善良不是老好人，有的人善良不是因为他真正善良，而是因为他没有恶的资本，只能表现为善良，是一种自我保护，或者说是一种懦弱，是未经钱权名利考验的天真。

这个世界上，过于善良不是好事。善良必须是有棱角的，对于伤害自己的人，你的善良就是一种纵容，必须使得他品尝到同样的痛苦，他才会反思。如果对方对自己不友好，那么就直截了当向对方反击，而不要一味忍让。你的反击是给别人反馈，是向他人表明自我的底线。

人的处事方式有三种：第一种，不懂得人性，第二种，懂得人性，处事圆滑，第三种，大道至简，懂得人性前提下的真诚善良。现实经历中，我们总会看到各种人情冷暖，真正的智者却不想要去争斗。就像是夫妻间猜来猜去，最终都不如真心最能够打动人。就像是国家间斗来斗去，最终都不如宽容的微笑能够解决问题。真正的智慧不是单纯，而是历经世事后依旧能够保持单纯。此时的单纯具有防御性和攻击力，是复杂的单纯。

真正的善良需要人生经验的历练，需要智慧的双眼。经由复杂的经历看清楚人性，但是不代表我们要去学习人性的弱点，而是更加懂得真善美，明白自己要克服人性的缺陷。

第五节　人生境遇

每个人都有自身的人生境遇。人生境遇包括不同的方面，分为不同的阶段，在不同的阶段跌宕起伏。人们需要做的是反思自己的人生境遇，进而努力改变自身的人生。

人生境遇可以分为多个方面，每个人都是在某一方面好，另一方面差。人将时间分配在什么上，什么方面就会有收获。

将时间分配到工作上，事业肯定很成功。将时间都放在家庭上，会有美满的婚姻。将时间都用于锻炼身体上，必然获得健康的身体。

同时，人生境遇是跌宕起伏的，没有总是一帆风顺的人。这个阶段过得幸福，那个阶段可能过得痛苦。此时的痛苦是暂时的，此时的辉煌也是暂时的。富有的人如何保持财富，贫穷的人如何增加财富，都是重要的人生课题。在高峰时懂得隐藏锋芒，不骄傲自大，在低谷时积累能力，不自卑气馁，就是我们该做的事情。

人们在生活中经常感受到人生境遇的限制性。一方面，人是受到外界影响的。对于世间的事情，不是说努力就能够成功，要做成一件事情，需要内部条件和外部条件同时满足。人们可以努力，却不能保证必然有结果。另一方面，在面临人生抉择时，我们的选择会受到性格的影响。一个人的性格很难改变，面临同样的十字路口，我们会做出同样的选择，因此逃脱不出人生境遇的捉弄。人只要无法克服自身的性格缺陷，就会被人生境遇束缚住。

我们觉得人生走势与自我设想的不同，就是因为虚假的自我和真实的自我冲突导致的。我们经常因为迷雾遮住双眼而对自己产生错判，判得不是太高就是太低，不是自己的真实水准。但是，在真实的人生走势中，我们能够更清晰地看待自己。现在的人生境遇是过去行为的结果，现在的反应是未来人生境遇的原因，尽自己努力改变自我的固有行为模式，根据智慧和爱的规则行事，就会打破人生境遇的枷锁。

第六节 关 系

每个人身上都围绕着一张关系网，亲子关系，兄弟姐妹关系，夫妻情侣关系，亲戚关系，朋友关系，同学关系，同事关系，领导与下属的关系，师生关系，陌生人的关系。人与人的相遇提供给我们相处的机会。人与人间的关系有深有浅，关系深的相处时间长，关系浅的相处时间短暂。

同时，人与人间的关系也有好有坏，有对自己付出的人，有自己在付出的人，有自己喜欢的人，有自己讨厌的人。与他人是好的关系还是坏的关系，就决定了我们的人生境遇。人际关系中存在帮助，就会给人带来助力。人际关系中充满了怨恨，就会阻碍人的成长。另外，人际关系的和谐程度决定人的幸福程度。我与他人关系和谐，感到的就是幸福快乐，带来的就是健康的身体和年轻的心态。我与他人关系恶劣，感到的就是负面情绪，很多疾病都是长期负面情绪累积下产生的。

现在的人际关系状况是过去行为的结果，而现在如何处理这些人际关系就决定了未来。因此，在与他人交往的过程中，我们需要多善待他人，将坏的关系转变为好的关系，为未来的人生积累资产。

第七节　儒家道德

生活是一种实践，关键在于处理好和他人的关系。人们遵从儒家道德的指引，在生活的各个方面中体现孝顺、助人、反思自我、诚实等品质，实现真正的幸福。

一、孝敬父母

所有的爱中，唯有亲情能够轻易触碰人内心最柔软的角落。日常生活中我们可以见到很多普通父母，餐馆里年纪大的服务员，路边小摊卖鸡蛋饼的夫妻，建筑工地浑身尘土的工人，菜市场卖菜的夫妻，他们如此辛苦无非是为了家里的孩子。

没有父母，就没有我们。他们对我们的爱不掺任何杂质，没有任何目的，是无私的奉献，是最为纯净的。父母养育了我们，支持我们上学，却不期望任何回报，无怨无悔。父母对孩子的亲情是无条件的，不管你有残疾，你有疾病，你贫穷，你丑陋，你失败，父母都不会嫌弃你，父母始终爱你，在你身边支撑着你。父母为你做的每个决定，出发点都是为你好。

我们回顾父母所做的一切，就会感受到父母的付出。因此，我们需要尽自己最大的可能回报父母。孝敬父母会使得人们养成优良的品质。如果心里想着父母，上学期间就会省吃俭用，工作后就不会贪图自我享受，而是为父母买东西，报答他们的养育之恩。如果心里想着父母，就会努力工作学习，不辜负父母的期望。如果心里想着父母，就不会做出违法的事情，避免给父母丢脸。如果心里想着父母，就会回家看望父母，帮他们做家务。如果心里想着父母，就会努力提高自己的修养，做个受他人尊重的人，给父母带来荣耀。

日常生活中，子女除了物质上孝敬父母，还应该经常去看望他们，时常和他们聊聊天。公益广告中，老人准备了一桌的饭菜等着孩子回家，但是孩子们都打电话说回不去，只剩下失望的老人孤独地坐在那里看电视。子女无论多忙，都要抽空给父母打电话，回去陪陪他们。当然，子女如何孝顺父母，如何平衡小家和大家的关系，如何从物质和精神双重角度爱护父母，如何处理父母和子女生活在一起所面临的问题，都是人生很重要的课题。

二、帮助他人

人活在这个世上，如果只是为自己而活，就不会有大的成就，无法体会到真正的幸福。只有把自己放到社会中，帮助他人，生命的价值才能够体现出来。

日常生活中，有的人在公交车上遇到晕倒的陌生人，将其送到医院。有的人在路上看到老人摔倒，将他扶起来送回家。有的人经常当志愿者，给双脚残疾的孩子购买生活用品。有的人参加养老院志愿服务，照顾孤寡老人。有的人将自己的钱财捐出来资助贫困学生。有的人遇到孩子掉到池塘，跳下水中将孩子救起。有的人献血拯救他人的生命。有的人选择去大山支教，有的人为留守儿童办学。他们的目的都是帮助他人。

我们为他人做事情，他人都会铭记，当我们自己有难题的时候，他人才会竭力帮助我们。很多时候，当别人向我们求助的时候，我们会用自己忙碌作为理由，选择不去帮助。自己感觉不出什么，拒绝是无心之举，但是对于请求帮助的人来说却是打击，他会感受到心寒。人都有脆弱的时候，此时最需要关怀帮助，我们在别人落魄时拉对方一把，对方就能感受到人性的温暖。

帮助别人没有功利的目的，更大程度上是站在别人角度上考虑问题，如果我遇到同样的困难，我会急需人伸出一把手。因此，人们在日常生活中可以在自己能力范围内帮助他人。

三、反思自我

人类都是从自我利益出发来判断事情，坚持自我观点的正确性，不愿承认自己的错误。有的人沉迷于享乐，自己却浑然不知，别人向他提意见，他不会听从，反而觉得是别人的错误。这就是当局者迷的状态，人很难从自己身上挑错，尽管他人是为自己好，但是自己很难同意。

现实生活中，我们尽全力掩饰自己，用各种手段美化自己的缺点，其实是在欺骗自己。坦诚面对自己的缺陷，敢于承认自己的错误，是改变自我境遇重要的一步。要站在旁观者的角度审查自我的行为，反思自己的错误，在未来生活中改正自己。

法国思想家让-雅克·卢梭（Jean-Jacques Rousseau）写成《忏悔录》，他在书中真实地记录自我的经历，将自己的缺点和过错暴露出来，给出自我的行为动机。① 日常生活中，我们需要敢于面对自身，将真实的自我揭露出来，实事求是地生活。反思自己的缺点，然后慢慢改正，经由这个过程，我们会变得更加完美。

四、诚实守信

诚实是实事求是面对自我的表现。但是，现今社会中，存在人与人间缺乏信任的情况。有的人在感情上欺骗他人，有的人向他人许下诺言，却选择食言，有的人工作上出现违约的情况，有的人骗取他人的钱财。

商业活动中，老品牌能够持续很长时间依旧屹立不倒，靠的就是讲求信誉。个人消费领域，消费者向银行申请贷款时，

---

① 让-雅克·卢梭. 忏悔录［M］. 诗雨，译. 北京：中国华侨出版社，2018：3.

银行会进行信用记录审核。人与人的交往中同样存在信用评价。我如果欺骗某个人，对某个人的承诺未兑现，那么我在这里就透支了信用，他不再会信任我，再修补就很困难。因此，与他人交往的时候，我们要谨慎言语，三思而后行。

历史上同样存在失信的例子。春秋时期，晋惠公为了能够登上国君的宝座，许愿封官，割让国土，但是登上宝座后又自食其言，导致了背信弃义的名声，晋惠公的做法使得晋国处于失道寡助的地位，在大国争霸中处于劣势。①

我们对他人诚实守信，就会赢得他人的信任，但是如果对他人不诚实，就会带来他人的不信任，未来即使再说真话，也不会再有人相信。因此，人际交往中，人们需要遵守诚实守信的做人原则。真诚待人，不欺骗他人，承诺后不要失言，讲话要有根据。只有如此，方能够获得他人的信任，使得自己在社会上更好立足。

---

① 李伯钦，李肇翔．中国通史：春秋战国卷［M］．沈阳：万卷出版社，2009：54.

第九章

从小我变为大我

此刻的人类面临一个思维的转变，从以小我利益为准转变为以整体利益为准。曾经我们的行为以利己为目的，如今我们的行为要以整体和谐为目的。我们需要既保存自我特色，又融进整体中。

第一节　我的定义

大我是小我的集合，我们可以将一个家庭当成一个家，可以将一个城市当成是一个家，可以将一个省份当成是一个家，可以将一个国家当成是一个家，也可以将一个地球当成是一个家。因此，我是什么，完全取决于我的定义，可以把单个人定义为我，也可以把整个地球定义为我。

例如，有一张圆形的白纸，找到最中心的位置画上一个点。我的范围可以不断扩大。第一个层次，将这个点作为我，第二个层次，以这个点作为中心画一个半径5厘米的圆，将这个圆作为我，第三个层次，以这个点作为中心画一个半径为15厘米的圆，将这个圆作为我，第四个层次将整个圆形作为我。同理，我可以将自我身体、自我财产作为我，可以将亲人、爱人、子女、朋友等都看成是我，可以将整个国家看成是我，可以将整个地球看成是我，我的范围逐渐扩大。

所有人集合起来才会组成一个整体。我们要做的就是爱他人，经由和他人组合在一起，经由与他人相互补充，方能够更接近整体。

第二节　小我从自我利益出发

如果从整体角度来看待一切，那么没有对立，没有分别，但是小我却不是如此。人类都是从自我角度来评判人，对我有利，与我相投的人就定位为好人，对我不利，与我观点相背的人就定位为坏人。符合自我利益的事为好事，就去赞成，不符合自我利益的事为坏事，就去反对。这都是从自我角度出发所做的判断。

小我有一种维护自我地盘的心理，不允许他人占有属于自我的东西。人们对金钱、房子、首饰、衣服这些私有财产具有强烈的占有欲，不愿与他人分享。一个国家期望经由牺牲他国的利益，让自己变得更加富足。两个男人因为利益而打架，两个公司因为抢夺商业资源而攻击对方，国家与国家间因为争夺地盘而发生战争，都是小我的思维模式。

当个人利益与整体利益相互冲突时，小我到底会如何抉择呢？有的人具有大局意识，放弃个人利益来成就整体，但是，有的人只专注于自我利益的满足，即使是给整体带来危害。

团队工作中，每个人计较的是个人利益的得失，计较的是这个团队所作的工作对我是否有好处。如果无法获得个人所得，就会尽力降低自己的工作量。这是从个人利益出发所做出的理性选择。人们不具备利他思维和大局观念，就会导致整个团队人心涣散，没有凝聚力。如果建立一个理论模型，就会发现群体中利他思维的人占比决定了模型的博弈均衡点。如果集体团队中大部分人自私，那么利他思维的人只会吃亏，成为工作任务最重的人，慢慢地他有可能会学习其他人的行为模式，导致利他行为的人的消失。而只有利他思维的人数增多时，这个集体方能够转变模型均衡点。

我们可以尝试给自己的人生做减法，将多余的钱权名利用于利益他人。即使开始做的时候感到痛苦，但是很快就会发现，自我得到更大的长久利益，获得更高的成长，这也是我们从小我魔咒中走出的第一步。

第三节 小我的自大感

现实中存在很多自大的例子。有的人获得财富后觉得自己很厉害。但是殊不知，现在的优势不久后可能就会消失。享尽财富的人在资产消耗殆尽的时候，才感觉到世事的无常。当身处优势地位时，有的人容易骄傲自负，觉得自己很厉害，不把他人放在眼里，失去敬畏感。这种自负心理容易让人产生负面品质，对形势乐观估计，对自身能力过高评价，此时就是走下坡路的时刻。这也是为何人总是有高峰和低谷。

每个人都觉得自我是整个世界。事实却是每个人都很渺小，自然的风吹草动足以对人类产生很大的影响。什么时候人们最能够感觉到自我的渺小呢？就是自己遭遇困境的时候。可贵的品质是谦虚，懂得自我只是汪洋大海中的一滴水。在默默无闻时，人会沉下心来，用谦卑心对待世界。困境是对自身能力的打击，人会懂得自己没有那么厉害，会看到自我的渺小，会发现自身依旧具有弱点。困境中，没有人关注自己，人会觉得自身不重要，这是更加符合真相的状态。

凡事都在循环中，有繁盛必有衰落，国家、公司、个人无有例外。成功容易增强人的傲慢心理，导致自我的膨胀。最容易骄傲的人是懂得不多的人，最容易谦虚的人是懂得很多却依旧继续学习的人。可贵的是把自己隐藏起来，承认自我的渺小，将自己融进自然的运行机制中，承认自己和其他部分是平等的。

当人们见识过广阔的世界时，就会发现自我的渺小，在自然的博大面前任何世俗成就都不算什么。因此，人们要改变自己傲气的表现，将自己作为一滴水融进大海中，从小我融进大我，适应新时代的要求，建立起整体思维。

第四节　制造不平等

本来真相是平等，但是小我硬是去制造不平等。它挣扎着，企图修改这种真相。它企图破坏它和其他小我共同组成整体的平等性，企图成为整体中最为突出的小我，甚至企图成为整体。

一、超越他人

自我意识觉醒后就开始了扩大自我。但是如果你总是想要超越他人，那么这种"超越"就是无尽的旅途。存在要求个体平等地各司其职，虚无却否定这种做法。个体扩张自己，超越他人，这是无出路的。

真相只有一个，我和其他小我是平等的，超越其他小我是不可能办到的事情。人必须去接受这个残酷的事实。过去你富有成功，别人贫穷失败，未来你贫穷失败，别人富有成功，一切都在相互转化着。平等的机制精准运行着，在无尽的时间中，我们是平等的。

人都是渺小的，你想要用超越他人这种不可能实现的方式来摆脱渺小是无结果的。小我认为的独特与自然规律下的独特存在明显区别，小我追求的独特是超越他人，而自然规则下的独特是每个人的独一无二性，是个体平等地各司其职。

总体而言，我们需要承认真相，我与其他小我是平等的，都是整体的一部分，融入整体中。唯有谦虚，承认整体的主宰性，才能成就自我的突出。

二、不同类型的差异性

小我致力于开拓自己的特殊性，试图突出自己，试图制造自我与其他自我的差异性。第一个层次就是建立小我与其他小我的不平等性，这种不平等包括金钱、地位、权力、名气。小我将自我定义为我所拥有的东西，这就导致其不会满足。小我想要将很多东西都归自己所有，它企图经由这种方式成为整体，却发现这是一条不通的道路。

第二个层次就是建立与其他小我的差异性。这种差异性是以平等为前提的差异性。每个小我都具有属于自己的天赋，发挥自我独特的才能，通过组成整体而凸显自我的独一无二。同时，两性的爱情赋予小我独一无二的爱，尤其强烈地加强了自我与其他自我的不同，彰显自我的唯一性，以极大的强度加深了自我的特殊性，将自我与他人区分开来。

如果我们想要从第一层次提高到第二层次，就需要将自己从制造不平等中解脱出来，试图去接受这个平等的真相。每个人都是不同的，所以无高低之分。人要始终记住自己是与其他人平等的，自己没有任何地方超越他人，只是彼此所处的阶段和演绎的角色不同而已。

第五节　对比小我与大我

对于自然的大我与人类的小我，哪一个更为优美呢？答案肯定是自然的大我，它完美，天衣无缝，从高空俯瞰，故可考虑到全局，考虑到各个微小方面之间的联系。而人类只是全息图中的小部分，我们观察到的世界只是宏大图形中的小部分，如此局部性的视野必定导致人类思维无法考虑到方方面面，故人类思维存有很大的漏洞。

我们坐下来静静地思考自然的运行机制，就会发现它是如此完美，山川、湖泊、大海、动植物、人类都遵守着相应的规律。我们能做的只有感叹与欣赏，这是一种无限的智慧。它就像是一件精美绝伦的艺术品，散发着剔透的光辉。而人类社会中的一切都像是微型模拟实验室，无法满足所有条件，无法精准地反映现实。与神秘复杂又简单优美的自然相比，人类依旧是一个无知的孩子。人类的聪明与大自然的智慧相比就会相形见绌。大自然是无穷智慧的广阔海洋，而人类只是大海中的一滴水。大自然是精密的复杂机器，而人类只是这个机器的零件。

现实生活中，人类的很多东西都是对自然的模仿，人类建立的海洋馆是对大海的模仿，人类发明的飞机是对鸟类飞行的模仿，人类的潜水艇是对海洋生物的模仿。但是，人类无法考虑全局，只能考虑到部分联系。人类的思维不完美，显示出各种各样的缺点。

人类的思维是局限的。经济学家在论文中使用各种模型来模拟现实经济，但是模型无法完全模拟出现实经济的复杂波动，原因就是人类无法考虑到全部影响因素。现实经济运行中，影响国家经济总量的因素很多，并且各个因素间存在复杂的联系。经济学家只挑选部分因素建立模型，当然无法准确地反映现实。

人类总是执着于自我利益，却没有从宏观整体角度来看待这个世界。因此，对比人类的小我与自然的大我，可以明显看出，小我要逊色于大我。人类试图插手自然的机制，使得它按照自己的意志运行。但是在这个自然系统中，没有谁控制谁的道理，万物都是彼此联系的，人类想要用自己的智慧改变庞大的系统是不可能的。

第六节 融进整体

地球相对于整个宇宙而言就像是一粒灰尘。人们把时间花费在相互的比拼上，却不愿意放过彼此，拉起手来共同探索神秘的宇宙。归根结底是没有从小我中解放出来，没有建立大我的思维。

只有当人们懂得自我价值是为系统的正常运行尽微薄之力时，才会找到真正的自我，自己的轮廓才会清晰可见，才会懂得自己的功能是什么。他才会清晰地看到整个系统的运行机制是什么，自己与其他人的关系是什么。这时的他才会更接近宏观，才会具有整个系统的智慧。只有如此，他才不会超越自我界限，不再踏进其他人领域，只做自己分内的事情。

小我需要承认世界的多样性，承认其他小我存在的合理性，懂得万物间的良好互补方能够形成完美的合一。在保持小我独特性的前提下融进大我的整体。不要向外界扩张，也不要向内收缩，要发挥确定边界的天性。例如，正方形有 7 个组成部分。每个部分必须明确自己的个性，不能多出任何一点也不能少出任何一点。

促进合一的和谐是评价标准，是小我的价值所在。小我只有通过发挥自己的天赋，尽心地演绎好自己的角色，尽好自己的职责才能促进整体的和谐。于是，小我做事的出发点不再是我的利益，而是能否有利于整体的运作。

　　人类需要学会与万物相处，把自我当成是系统中的一部分，发挥自己的特长，做自己感兴趣的事情，感受到生命的价值。每个人因为独一无二获得他人的尊重，得到平等的地位。人类需要在保持小我独特性的前提下融进大我的整体。

第十章

从自私到互爱

《礼记·礼运》中指出，大道之行也，天下为公，选贤与能，讲信修睦。① 对于理想的社会，我们憧憬向往，但是要想到达它，需要很长的旅途。

第一节　自　私

现代社会实行私有制，很多人为了生存奔波着，无法从事自己喜欢的工作。人类自私，就会为自己的自私付出成本。例如，A 对外界采取自私，外界也对 A 采取自私。A 的作用力返回到了 A 自己身上，自私者需要承担后果，品尝代价。自私者必戴上自私所造就的锁链，被束缚住手脚。

---

① 郭齐勇．礼记（节选）［M］．北京：科学出版社，2020：176.

　　自私的代价就是人的身体和内心都有损失，人被卡在自我营造的怪圈中。你自私地对待别人，牵制别人，不放过别人，为别人的人生增加负重，其实也是自私地对待自己，牵制自己，不放过自己，为自己的人生增加负重。如下图 8 所示，开始的时候，A 向 B 设置 100 千克的负重，B 向 A 设置 100 千克的负重。最后的时候，A 向 B 施加 300 千克的重物，B 向 A 施加 300 千克的重物。如下图 8 所示，开始的时候，A 向 B 射了一箭，B 向 A 射了一箭。最后的时候，A 向 B 射了三箭，B 向 A 射了三箭。我们可以看到，自私有增大化的趋势，人类彼此间所设置的路障越来越大，两个人向彼此所发射的弓箭越来越多。

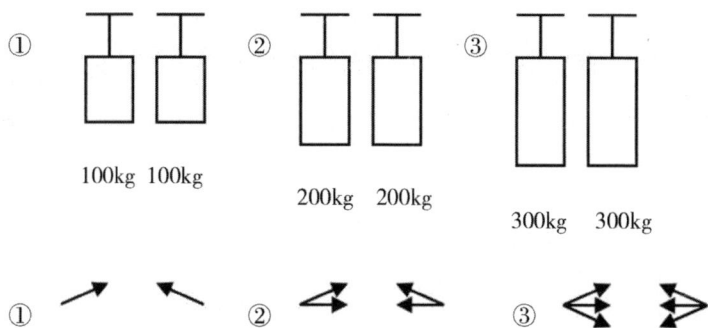

图 8　牵制他人也是牵制自己

　　我们本来都是飞翔在天空中的鸟儿，可是却彼此伤害，折断彼此的翅膀。于是，双双坠落在地上，再也无法飞翔。人类自私，殊不知正是这种自私为人类自己套上了沉重的枷锁。手脚被锁链铐住，只能拖着沉重的链子在很小的范围内移动。

我们本是大自然的宠儿，可以自由快乐地奔跑在绿草地上，闻着花香，互相追逐嬉闹，可是，却相互斗争，为彼此的道路设定路障。我们成为不自由的困兽，被锁在彼此为对方设置的牢笼中，成为活动范围狭窄的奴隶。A 住在 B 为其设的牢笼中，B 住在 A 为其设的牢笼中。唯有 A 打开了锁住 B 牢笼的锁，B 打开了锁住 A 牢笼的锁，A 和 B 才能自由。这把锁是自私，而打开它的钥匙就是互爱。

第二节　货币的产生过程

每个人都生活在群体中，群体形成社会。在社会中，人与人的互动是一种博弈。由于人类相互自私地对待彼此，导致了货币的产生。

原始社会实行公有制，假定人类群体有 15 个人，所有人住在一个村落里，里面的房子是大家共同建造的，财产是村落共有的，大家各取所需。如果一个人变得自私，这个人总是无偿地得到别人的东西，但是当别人向他拿东西时，他总是要求别人等价交换。于是慢慢地，别人也学习他这种行为，所有人都成为自私的。在别人拿自己的东西时，所有人都会要求对等交换。于是，15 个人两两间必须等价交换物品，这种交换经历了简单的商品交换→扩大化的商品交换→一般等价物→金银→纸币的变动过程。[①] 纸币是人类自私的产物，它是人类自私地对待彼此的物质表现形式。

两个人面对彼此，A 看到 B 想，我不爱你，B 看到 A 想，我不爱你。A 需要用货币向 B 交换东西，B 需要用货币向 A 交换东西。人们都有一个自我的概念，这个东西属于我的，那个东西属于你的，你不能拿我的东西，你要是拿的话，就必须用货币来换。你去一家蛋糕店，蛋糕是店老板的，你要一个蛋糕，就必须给他货币。人们为了向他人支付金钱，必须辛苦地为物质奔波，金钱成为自由的限制。

如果我们把地球当成是家，所有人都是家庭成员，那么便不存在私有财产，一切成为共享。所有人都可以发挥自己的天赋，自由地做自己喜欢的事情，创造力可以喷薄而发，人类的潜力更好地发挥。因此，大爱是解放人类的唯一方法。爱他人也是爱自己，解放他人也是解放自己。互爱能够将人类从相互牵制的泥沼中拉出来，从牵制彼此变为解放彼此，从减弱彼此变为增强彼此。

---

① 于良春. 政治经济学（第四版）[M]. 北京：经济科学出版社，2012：51.

第三节　自私与互爱的博弈

从始至终，人类都有两种选择，第一种是自私，第二种是互爱，人们可以选择集体自私，也可以选择集体互爱。这是个需要全体人类共同做出的选择。

人与人之间的交往是一种博弈关系。例如，有两个人，彼此之间可以选择相互射箭，刺伤彼此，也可以选择握手言和，相互帮助。在互相仇恨的情况下，每个人遭受三箭，在互爱的情况下，每个人得到了三个帮助。因此，人类是选择竞争互损还是合作共赢呢？竞争互损明显是一种低效率的社会结构，人们热衷于内部争斗，互相消耗对方，互相抑制对方，无暇去做更有意义的事情。

例如，有 AB 两个人，资产初始均为 10，在互相伤害的情况下，两败俱伤，最后 AB 的资产均为 5。但是在互相合作的情况下，最后 AB 的资产均为 15，产生一个互惠的结果。从此数字可以看出，在自私的情形下，因为 A 伤害了 B，使得 B 损失了 5，B 伤害了 A，使得 A 损失了 5。在互爱的情形下，因为 A 帮助了 B，使得 B 得到了 5，B 帮助了 A，使得 A 得到了 5。

例如，有 AB 两家公司，如果 AB 两方争斗，都选择低价，那么利润为（1，1），如果 AB 两方合作，都选择高价，那么

利润为（1.5，1.5），显然后者对于双方都更有利。但是两家
公司的博弈中，如果 A 公司选择低价，B 公司的最佳策略是选
择低价。如果 A 公司选择高价，B 公司的最佳策略是选择低
价。无论 A 公司选择高价还是低价，B 公司的最优策略都是选
择低价。同理，如果 B 公司选择低价，A 公司的最佳策略是选
择低价。如果 B 公司选择高价，A 公司的最佳策略是选择低
价。无论 B 公司选择高价还是低价，A 公司的最优策略都是选
择低价。

如图 9 所示，最终结果是双方都会选择低价，（低价，低
价）会成为一个均衡策略，双方最终都只获得 1。如果双方都
选择高价，那么都能获得 1.5，相比于（低价，低价）的均衡
策略而言更有利。从个人角度出发选择的正确策略，在整体来
看却是最差的结局，这就是个人理性与团体理性的冲突。①

B

　　　　低价　　　　高价

低价　　<u>1</u>，　<u>1</u>　　　<u>2</u>，0.5

A

高价　　0.5，<u>2</u>　　1.5，1.5

图 9　博弈均衡结果

---

① 高鸿业．西方经济学（微观部分）第五版［M］．北京：中国人民大学出版
社，2011：292.

如果想要改变这种博弈均衡，转变的可能性在于，B愿意牺牲，B选择高价。在B选择高价的情况下，开始A依旧选择低价，B只能得到0.5，A能够得到2。但是最终A会选择高价，B就会得到1.5，B起初的牺牲获得补偿。

于是，我们看到两家公司采用低价策略来打价格战，只为了打倒对方，却导致利润很低。人类执着于互相斗争，互相不放过，却不知会导致两败俱伤。放过对方就是放过自己，宽容对方就是解脱自己。当今社会，人类没有一种同为地球人的整体感，互相的争斗只会带来整体的内耗。人与人之间的仇恨，地区与地区之间的冲突，国与国之间的冲突，均是同样的情形。两个国家把时间放在战争上，彼此攻打对方，伤害对方，没有时间发展本国经济，但是如果互相合作，那么就能够有时间改善人民生活条件，促进发展。

人类历史上，竞争是主流，竞争促进了社会的前进。合作型社会形态不适应曾经的历史，只有竞争才能促进人类努力。如若在过去施行合作，那么人类文明没有成长的动力。但是，竞争的意识持续了几千年，人类经历了文明的进步，到达如今，竞争的弊端显露，原来促进社会进步的因素现在成了阻碍社会更进一步发展的因素。合作成为急需，只有合作能够将人类解救出来。在未来，合作共赢是促进人类社会继续进步的思维方式。你伤害我、我伤害你的社会是一种低效社会，你善待我、我善待你的社会是一种高效社会。

全球化的背景下，每个国家都开始意识到国与国间合作的重要性。对于面临的各种问题，自私解决不了，只有共同合作。每个国家都是息息相关的，未来世界发展需要的是共赢。

第四节 互 爱

相比于自私，人类有个更好的选择，就是互爱，人们像是一家人生活在一起。在这个世界里，无战争、无国界，人与人友爱互助，真正实现一个地球村的景象。

每个人从事自己喜欢的工作，发挥自己的天赋，有厨师，有教师，有医生，有科学家。工作劳动是需要，每个人把工作当成一种乐趣，享受工作本身的纯粹快乐，不为其他目的。因为人们对工作充满热爱，所以能够尽情发挥创造力，具有很高的工作热情。创造性的工作是社会的主要趋势，此类社会的生产力要大大高于当今社会。

每个人通过发挥自我天赋来利益他人，为整体的稳定运行贡献自己的力量。每个人从事自己擅长的工作领域，因自己是社会独一无二的组成部分而开心。工作不是为了名利，而是发挥自己的能力，是因为无比的热爱，将自我能力应用到工作中已经是一种快乐。

此类社会中，人们对物质的欲望降低到最小，人们只会拿自己需要的部分，只要满足基本生活即可，需要成为人类行为的支配要素，共享的思想在社会中施行。人们拥有更多的时间追求精神上的成长。现在社会中，人们将生活中的很多时间都用来追求物质上的富足，但是在未来社会中，人们可以将生活中的很多时间用来满足精神上的需求。如果人们选择自私，那么花在精神上的时间只有两年，但是如果人们选择互爱，那么花在精神上的时间高达一百年。

因此，互爱将人们拉离了互相牵制的怪圈，人们可以安心进行精神提高。每个人将爱的光芒发射给外界，就会将自私趋势慢慢扭转。当然这是个渐进的过程，不可能一蹴而就，我们需要把这个理想作为目标努力前进。

存在就是合理的，每个人是一种可能性。包容，去肯定任何一种可能性，肯定任何一个人，肯定任何一种文化，肯定任何一种制度。人与人平等，国与国平等，不论是大国还是小国都是地球的组成部分，每个国家因为独一无二而具有合理性。同一个地球村里的人们，不同的肤色，不同的文化，和谐共存。就像是奥运会期间，不同国家的运动员聚集在一起，文化交流碰撞，没有战争，没有政治冲突，充满欢声笑语，这应该是未来的地球。

参考文献

［1］陈鼓应 . 老子今注今译［M］. 北京：商务印书馆，2009.

［2］陈晓芬，徐儒宗 . 论语·大学·中庸［M］. 北京：中华书局，2011.

［3］成红舞 . 从他者到自我：波伏瓦他者理论研究［M］. 北京：中国社会科学出版社，2016.

［4］杜超 . 拉康精神分析学的能指问题［M］. 北京：中国书籍出版社，2020.

［5］郭齐勇 . 礼记（节选）［M］. 北京：科学出版社，2020.

［6］高鸿业 . 西方经济学（宏观部分）第五版［M］. 北京：中国人民大学出版社，2011.

［7］高鸿业 . 西方经济学（微观部分）第五版［M］. 北京：中国人民大学出版社，2011.

［8］何政广 . 世界名画家全集：凡·高［M］. 石家庄：

河北教育出版社，2008.

[9] 李伯钦，李肇翔．中国通史：隋唐卷［M］．沈阳：万卷出版社，2009.

[10] 李伯钦，李肇翔．中国通史：春秋战国卷［M］．沈阳：万卷出版社，2009.

[11] 路遥．早晨从中午开始［M］．北京：北京十月文艺出版社，2022.

[12] 于娟．此生未完成：一个母亲、妻子、女儿的生命日记［M］．长沙：湖南文艺出版社，2019.

[13] 于良春．政治经济学（第四版）［M］．北京：经济科学出版社，2012.

[14] 奥斯特洛夫斯基．钢铁是怎样炼成的［M］．周露，译．杭州：浙江工商大学出版社，2017.

[15] 比尔·布莱森．人体简史［M］．闾佳，译．上海：文汇出版社，2020.

[16] 布莱恩·格林．宇宙的琴弦［M］．李泳，译．长沙：湖南科学技术出版社，2018.

[17] 东野圭吾．恶意［M］．娄美莲，译．海口：南海出版公司，2013.

[18] 弗里德里希·尼采．查拉图斯特拉如是说［M］．杨恒达，译．上海：上海人民出版社，2016.

[19] 亨利·梭罗．瓦尔登湖［M］．田伟华，译．北京：

中国三峡出版社，2010.

[20] 卡尔·荣格. 荣格心理学 [M]. 张楠，译. 南昌：江西美术出版社，2019.

[21] 让-雅克·卢梭. 忏悔录 [M]. 诗雨，译. 北京：中国华侨出版社，2018.

[22] 萨特. 存在与虚无 [M]. 陈宣良等，译. 北京：生活·读书·新知三联书店，2007.

[23] 塞缪尔·约翰逊. 拉塞拉斯：一个阿比西尼亚王子的故事 [M]. 王增澄，译. 沈阳：辽宁教育出版社，2000.

[24] 叔本华. 人生的智慧 [M]. 庄知蓓，译. 北京：北京联合出版公司，2020.

[25] 西蒙娜·德·波伏瓦. 第二性 II [M]. 郑克鲁，译. 上海：上海译文出版社，2021.

[26] Benoit Mandelbrot. How Long Is the Coast of Britain? Statistical Self-Similarity and Fractional Dimension [J]. *Science*, 1967, 156 (3775)：636-638.

[27] KOCH V. SUR UNE COURBE CONTINUE SANS TANGENT OBTENUE PAR ONE CONSTRUCTION GÉOMÉTRIQUE ÉLÉMENTAIRE [J]. ARKIV FÖR MATEMATIK, 1904, 1 (35)：681-704.